相裕亭

/

著

船 灯

《盐河旧事》之五

CHUAN

DENG

百花洲文艺出版社
BAIHUAZHOU LITERATURE AND ART PRESS

图书在版编目（CIP）数据

船灯 / 相裕亭著. — 南昌：百花洲文艺出版社，2023.10
ISBN 978-7-5500-5186-7

Ⅰ.①船…　Ⅱ.①相…　Ⅲ.①小小说－小说集－中国－当代　Ⅳ.①I247.82

中国国家版本馆CIP数据核字（2023）第106281号

船　灯

相裕亭　著

出 版 人	陈　波	
总 策 划	张　越	
责任编辑	李梦琦　李晗钰	
内文插图	张洪建	
书籍设计	方　方	
制　　作	周璐敏	
出版发行	百花洲文艺出版社	
社　　址	南昌市红谷滩区世贸路898号博能中心一期A座20楼	
邮　　编	330038	
经　　销	全国新华书店	
印　　刷	湖北金港彩印有限公司	
开　　本	787mm×1092mm　1/32　　印张　8.5	
版　　次	2023年10月第1版	
印　　次	2023年10月第1次印刷	
字　　数	180千字	
书　　号	ISBN 978-7-5500-5186-7	
定　　价	38.00元	

赣版权登字　05-2023-292

版权所有，侵权必究

邮购联系　0791-86895108

网　　址　http://www.bhzwy.com

图书若有印装错误，影响阅读，可向承印厂联系调换。

目　录

口 风

小得子，烧茶水的。

天成大药房的院落西侧，紧挨着洗澡堂、理发铺，有一处青砖灰瓦的小套院，酒坛子似的门头额砖上，题刻着两个瘦金体的蓝字——茶坊。

小得子就在里面。

小得子挺勤快呢，他把套院里的柴火码成一面"千疮百孔"的"柴火墙"，原本散落一地的煤块块，被他当作牛羊一样"圈养"在墙角的一处栅栏里。坐北朝南的两间小房子里，一间是小得子的起居室，一间就是茶炉房。

每天清晨，小得子会准时把炉水烧开。待炉盖上的报热哨发出"追追"的叫声时，小得子会用湿炭把炉火压一压，关上抽风的炉门，到茶坊外面的空地上去伸个懒腰，深吸两口新鲜的空气，企盼听到茶炉鸣叫的人，尤其企盼老爷、太太房里那些粉面含笑的小丫头，前来他这里打开水。

"小袖子，你的壶盖掉了！"

小袖子知道他是骗人的，冲小得子噘起粉嘟嘟的小嘴，翻个白眼儿，不睬他。

小得子见人家不睬他，他也不恼，反倒乐颠颠地跟在人家身后，喊呼：

"牌子，牌子呢？"

牌子，即用来打热水的小竹牌，也叫筹子，是小得子自己用竹片做出来的。长长窄窄的一块扁平的小竹片上，用火钩子烫出一道火痕，表明可以打一壶开水；烫两道火痕，你就可以装走两壶开水。一块牌子上，最多只能烫出四道火痕儿。因为，打水的人，一次最多只能拎起四把水壶。这些，都是小得子自己琢磨出来的。

东家，或者说是头柜德昌让他小得子烧茶炉，就等于把茶炉包给他一样。要不然，天成那么大的家业，就烧茶水这一项，都是很难管理的。

这样，小得子把茶水的筹子做出来，老爷、太太房里用多少开水，尤其是药房大堂内每天用多少开水，都是用茶水的牌子来掌控的。

"牌子呢，牌子？"

小得子跟在人家身后要牌子，其实就是想跟人家说说话呢。你想，他一个大活人，整天闷在那灰突突的锅炉房里，多么寂寞无聊呀！所以，每当有人来打开水，他总是要找个话题，与人家拉呱几句。譬如，老爷、太太房里的丫头在那装开水时，他会问老爷昨夜几时回来的，以及昨日晚间老爷、太太都看了什么戏。有时，他也打探后院里碾药的徒工中，又有哪个提升到前堂柜台里抓药了。

这样一来，小得子知道的事情就很多。

"前堂的三柜，马上要升二柜了。"

"后院徒工中，最近将要有人升至前堂去抓药。"

这类敏感的话题，好像都是茶炉房里最先传出来的。

小得子当初来天成当学徒，盼望的就是某一天能穿上白大褂，站到天成大药房的柜台里面去抓药。可他三年学徒下来，连柜台里面药斗的名称都没背下来，更别说那些甘草、黄芪、连翘、车前草的用途了。用头柜德昌的话说，他小得子是属狗的——记吃不记打。

　　与小得子同一年进天成当学徒的，好多都被派往外地购药，或到前堂去抓药了。唯有他小得子，被安排到茶炉房来烧开水。就这，还是小得子的父亲卖了两头大肥猪，帮他走了门子的。

　　天成里选人、用人的制度挺严格。新来的徒工，首先要在后院里碾三年药。中间，还要学会切药、抓药、包药等粗活。然后，再到前堂去认药、背药、打算盘、判断药材的品级。三年后，优者上柜抓药。尚无长进者，再留用一年，仍无长进，将会被辞退。所以，像小得子那种学无所成者，能够留在天成里做事，就已经是万幸了。

　　天成是什么地方，盐区首家大药房。有人说，天成的屋檐下，窝里刚出壳的麻雀，都可以宰杀出四两肉。可见天成的油水有多大。

　　天成里一个普通的徒工，一旦升至前堂去抓药，每个月可得两块大洋。当时，三块大洋可在盐区购买一亩薄田。这就是说，天成里的徒工，一朝出徒，那就离荣华富贵不是太远了。而天成里任何一个岗位，向来都比较抢手。

　　那种"抢手"的背后，潜藏无数人的汗水与泪水。好多徒工在天成辛辛苦苦地忙活了三四年，结果还是抹着泪水离开了。

天成里的徒工晋升，极为艰难。首先要经过摸测（考察）、举荐、试用等三四个环节，最后轮到头柜德昌来定夺时，十之二三又将被刷下来。

德昌把持着天成，已经很多年了。

但，德昌在天成里像个闲人一样，整天这里转转、那里看看。时而，他也端个茶杯，如同转着玩一样，转到小得子这里，查看他院子里乱不乱。

那样的时候，小得子总是满脸堆笑，很是殷勤地帮德昌的杯子里加满开水，说一些德昌爱听的话语。问其当初与他一起学徒的那些人，今后会在哪个岗位上高就。德昌不经意间，也会透露一点。但，更多的时候，德昌会背后丢一句给他："你好好烧你的茶水吧！"

小得子呢，从德昌那里得到一点口风，就会把话传开。对方问他的消息是从何处听来，小得子自然不会说出德昌。但，小得子会很得意地告诉你："你就等着擎好吧！"

由此，每逢天成里人事变动，提前几个月就有人往头柜德昌家里跑了。

德昌呢，为了避嫌，往往会选在天成公布晋升人员名单时，躲到外地去选购药材。

德昌那样做，无非是想表明他与此次人事变动没有关系。其实，在这之前，他已经把晋升人员的名单提供给东家了。而今，正式晋升人员的名单公布出来以后，先前被传言的人，有可能真的上榜了，也有可能没在此次公布之列。

这里面的学问，外人是很难参透的。尤其是小得子，他甚至会选在某一天遇见德昌时，问："你不是说，谁谁谁怎样怎样吗？"

德昌回答他的，仍然是："你好好烧你的茶水吧！"

花　事

　　吴家的花房在前院。

　　吴家的前院是马厩、羊舍，以及长工们居住的地方。好在马厩、羊舍设在前院的西侧，东侧是花房。

　　盐区这边，受大海潮汐的影响，一年四季刮东风、东北风，或东南风的时候比较多，尤其是入夜以后，几乎都是"东来风"。所以，吴家把猪圈呀、鸭舍啥的，设在前院的西侧，几乎闻不到鸡屎、马粪的酸臭味道。

　　前来吴府的客人，如果是乘船打南门外小码头那儿拾级而上，立马就可以闻到吴家的花香。嗅香望去，可见两间"滚地笼"式的花房门前霍然耸立着一座多层宝塔似的花墙。走近了，方见一层一层的条石上，摆放着四时八令盛开的鲜花。有本地的月季、桂花、菊花、栀子花、蜡梅花、水仙花、一串红等等；也有外地购来的山茶、海棠、剑兰、含笑、郁金香等娇嫩的花科品种；再者，就是吴老爷偶尔从城里带回来的兰草、盘松之类的名贵花草树木。

　　侍弄那些花草树木的，是个敦实、矮胖的小老头阿更。他留个板寸头，穿一件方便于搬弄花盆的灰布长衫，领口下的纽扣上系着一根棉布绳，如同吴老爷长衫大褂间亮闪闪的怀表链子。但他那棉布绳上系的不是怀表，而是花房的一把锈迹斑斑的钥匙。

阿更喜欢把玩一些手钏、鹅卵石之类的小物件。有时，他还别出心裁地把一些小石块插在花盆里，就像一座座小假山似的逼真。他左手的食指和无名指上，各戴着一个铜环戒指。之前，大太太赏过他一枚韭叶宽的真货，被他儿子给将去了，他便弄了两个铜环儿戴在手上，以假充真。

阿更是大太太娘家那边带过来的花奴。他常年蜗居在花房一侧的耳房里，或者说他就居住在花房里。因为，阿更蜗居的那间满是坛坛罐罐的小屋，与花房是相通的。

阿更平时不怎么开伙，他跟着吴家人吃。但他不上吴家的饭桌，只在吴家开饭的时候，端一只大瓷碗，去后厨那儿装一些饭菜，回到他的小房子里去吃。阿更那小房子里有个给花房供暖的火炉，好多时候，他不想往后厨跑了，就自个儿抓把米，在那火炉上熬粥喝。但，那样的时候，次日后厨的大师们见到阿更，打老远就会喊他："阿更，昨晚我给你留了两个兔子头，你怎么没去拿！"话语中，透着几分亲切。

原因在于阿更是大太太的娘家人，吴家上下对他都很敬重。

阿更呢，他每天要做的事情，就是把那些大大小小的花盆搬来搬去。

阿更识花草，懂花性，且能控制花朵绽放的时辰。哪盆花需要浇水，他敲其盆，听声音就知道了。你看他伏耳敲击花盆的架势，有点像大先生查看病人肚皮里面是否鼓胀一样认真。他就那样"梆梆"敲击几下，就知道花盆的"内幕"了。

在吴家，阿更给人的印象，就是双手把持着一把喷水壶，往条石上层层叠叠的花盆浇水。他门前那块空地上，整天被他弄得湿漉漉的。以至于，前来观花、选花的人，都要踮起脚尖儿，挑选干爽的地方落脚呢。

阿更侍弄的那些花草，大太太都很喜欢。每到换季的时候，大太太房中的鲜花就可以告诉你当下是什么季节。还有一种情况，那就是吴老爷从城里回来了，或是家中要来贵客，需要在门厅里摆放些鲜花。那种时候，往往要提前几天告诉阿更。

这年春节，吴老爷临时动意，要带四姨太回盐区过大年，一下子打乱了吴家筹办年货的计划。

吴家原准备杀一头猪、宰两只羊。现在看来，还要再加份子。以至于，前期所准备的鞭炮、糖果儿、红灯笼啥的，都要增加数目。

那么，阿更侍弄的花草呢，更需要翻番。原先只考虑大太太房里需要鲜花。而今，四姨太房里同样也需要花草呢。

四姨太年轻，爱粉饰、爱打扮，自然是喜花爱草呢。

大太太让人传话，叫阿更把四姨太房间布置得好看些。原因是，吴老爷回来以后，大都在四姨太房里过夜。所以，四姨太的房间内要弄得鸟语花香。

阿更呢，他知道在这莫大的吴府里，吴老爷就是天，或者说他是罩在吴家上空的彩云。只要讨得四姨太的欢心，就能留得住吴老爷。所以，阿更在布置四姨太房间的时候，精心挑选出春节前后绽放的鲜花，一一摆放到四姨太房间的过道里、茶几上，床头柜的胭脂盒旁边，让四姨太推门可见满房春色。其中，有两盆含苞欲放的山茶花，阿更是掐准了时间，让它赶在大年三十盛开。

年初一的清晨，前来吴府拜年的佃户，以及吴家上下的丫鬟、老妈子们，一拨一拨地前来给吴老爷、大太太磕头，之后去四姨太房里拜年时，反而被四姨太房间里的鲜花给"留"住了。一时间，欢声笑语，好不热闹。

大太太只是耳闻四姨太房间的花草如何如何，可她年上年下，忙忙碌碌的，始终没到四姨太房里去。

在大太太看来，四姨太房间的花草再好，也就是年前年后那么几天。

事实也是如此，年后第三天，即正月初三的早晨，四姨太就与吴老爷回城里了。

城里，四姨太一大家子还等着他们回去热闹呢。

阿更选在四姨太前脚离去后，就来收拾那些花草。因为，四姨太一走，她房间的供暖就停掉了，那些怕冻的鲜花，必须及时"回暖"。其间，阿更看那两盆山茶花开得正艳，顺手便端到大太太房里去了。

大太太当时没有说啥。可阿更从大太太的脸色上，似乎看出什么不妥。以至于联想到大太太的不高兴，可能与他有关。

果不其然，尚未过正月十五，大太太就打发阿更走人了。

阿更被逐出吴府时，他疑疑惑惑地想去跟大太太道个别，可大太太房里的丫头拦住他，说大太太没有空闲。

阿更就那么灰头土脸地走了。

踩　鱼

钱五爷是个鱼把头。

早年，下南洋的船队中，哪条船上请到了钱五爷，那条船上准是会鱼虾满舱的。

钱五爷识潮汐，懂鱼性。什么风浪里下什么网具、捕捉何种鱼虾，他都是装在心里的。

钱五爷引领沈家船队的那几年，每年大年三十的晚上，沈家大少爷请他去吃年夜饭时，钱五爷酒过三巡以后，总是推说要去海上观潮汐，而早早地退场了。

钱五爷所说的观潮汐，是指鱼虾在海潮涌动中腾飞起舞的状况。现在想来，钱五爷那样说，是在糊弄沈家大少爷。

沈家大少爷，又称沈大少。那是只"旱鸭子"，他养船，不玩船。

大年三十，属于无月之夜，茫茫大海中，漆黑一片，他钱五爷纵然是火眼金睛，又能在大海边观望到什么呢？可钱五爷用那样的招数，哄骗了沈大少不少年。

不过，说钱五爷懂鱼性，这是真的。

有一年，钱五爷带着沈家的船队，前往舟山群岛一带去捕鱼，行至上海吴淞口时，钱五爷忽而对船上的伙夫说："中午炖鱼吃吧！"

伙夫猛一愣怔！心想：船队还在航行中，连个鱼影还没见着，到哪去弄鱼来炖着吃？

钱五爷不吱声。可他看伙夫还站在那儿愣着，便斥责他："你还站在那干什么，快去刷锅，炸油呀！"

说话间，钱五爷一个撒手网甩到船舷边，瞬间便捉上来十几条大白鹅似的海鲢鱼。又称白鲈鱼。

当时，船上的人都感到奇怪呢。

事后，钱五爷透出实情，当天的船队虽说在航行中，可伙夫把刷锅水泼进大海后，引来一群追逐食物的鱼。钱五爷看到那景致后，眼疾手快，转身摸过船舷边的旋网（又称撒手网），一个拧腰甩下去，正好扣到那群鱼的正当中。

钱五爷的旋网撒得好。

那种靠一根绳索牵引的撒手网，可不是人人都能撒得开的。不会撒的人，提在手中是一坨，扔出去以后还是一坨。而会玩的人，如同大风天里扬谷粒儿，顺势一抛，那网就开了。甚至可以跟着潮水（潮头）撒，瞄着鱼群撒。但是，那种撒手网，多数时候都是在往水中"盲扣"。

鱼在水下，撒网的人看不到水下游动的鱼，可不就是"盲扣"。

不过，"盲扣"也是很讲究技法的，手艺高强的人，可以撒出一个完美的"荷叶倒扣"；遇到狭窄的小河沟时，其网具在胳膊肘上一抖，便可撒出一个与河沟一样宽的长方体网口来——正好扣在河沟两边呢。

这能耐谁有？——钱五爷。

钱五爷上了年岁以后，不再跟随下南洋的船队去捕鱼了。但他心中的渔火尚未磨灭，他见天背着个鱼篓子，围在盐河边的沟湾河汊子里捕捉鱼虾。

有人说，钱五爷的眼睛像鱼鹰一样，可以窥视到水下游动的鱼呢。其实，也不是那样的，钱五爷会在水塘边试探"鱼花"。譬如，他撒网时，先往水中抛撒一些碎鱼烂虾，观看塘中是否有鱼儿窜动；再者，他还会猛不丁地往河沟中扔一块石头，以此查看水塘里的变化。

这一天，钱五爷在小盐河口那边一处废弃了的古河道里察觉到鱼情，并预感到那不是他手中旋网所能捕捉到的。于是，他便回村找来"两人抬"。

所谓"两人抬"，就是一条网具，需要两个人，或多个人，站在河道两边，共同拉网。

钱五爷找来的那个拉网人，是他本家的侄子二毛头。两人各自站在那条古河套的两边，拉扯着一条大网，慢慢将鱼儿往上游死角上赶。

刚开始，鱼儿们在水下没有察觉到险情逼近，它们很是悠哉地在水中玩耍。其间，有鱼群想往下游盐河里游动时，发现有浮草一样的渔网隔断了它们的去路，便掉头往上游古河套的死角处游动。可当鱼儿游至古河套的死角时，忽感无处可去了。这个时候，鱼儿们才感到惊慌。尤其是看到下游的渔网，在一步步向它们逼近时，好多性情刚烈的鱼儿，便在水中窜动起来，以至于，许多鱼儿还跃出水面——从网纲上面"跨栏"逃走了。

但是，真正的大鱼，却潜在水下，藏而不露。那些大鱼的劲头是很足的，不到万不得已的时候，它们不会现身。

钱五爷想捉的就是它们。

所以，钱五爷在收网的时候，眼睛一直盯住水下大鱼的翻动。他知道，那些大鱼是很狡猾的，它们往往会在收网的最后环节，选择一片突破口，甚至会冲破渔网跑掉。

钱五爷对付那些大鱼，极有经验。他在最后收网时，把二毛头手中的网纲合拢到他手中。他让二毛头跳到河水中，将网中的大鱼掐拿住，往岸上扔。而他本人则像老牛拉车那样，弓下腰来，将网纲搭在背头，猛劲儿将渔网往河坡上拽。

那一网，捉到二百多斤鱼（其间还跑掉了一些）。

傍晚，二毛头用一辆独轮车，将那些鱼推回村里，原本该一家一篓子地分。可钱五爷却摆摆手，对二毛头说，你都推回家去，赶明天石桥镇上逢大集，你去卖了钱，咱爷俩一人一半就是了。

那一刻，二毛头猛一愣怔。他心里有事瞒着钱五爷哪。刚才他在下河捉鱼时，看到网中那么多大鱼，顿起歹念，将好几条大白萝卜似的大鱼踩进了泥窝里——想独吞。

但二毛头没有想到，临到分鱼时，钱五爷却和盘将鱼都交给了他。隐约之间，二毛头似乎意识到钱五爷可能察觉到他在水下踩鱼的事。但钱五爷没有说。而此刻的二毛头，也就装作没有踩鱼那回事。以至于晚间他与媳妇往屋里抬鱼时，他都低着头，没好把那事告诉自家女人。

是夜，二毛头趁夜色，独自取回泥窝里的鱼。第二天他与媳妇推鱼到镇上卖掉后，诌了一个理由，多分给钱五爷一些钱。媳妇冲他翻白眼，但媳妇并不知道为什么。

便　宜

　　小河堤的树丛里，忽而"嘎"的一声鸣叫！两只夜宿的水鸟，随之扑打着翅膀惊飞起来。

　　那时候，天还没有完全黑下来。但堤岸边的树丛里已经是黑簇簇的一片了。小河里，淙淙流淌的溪水，也被黑簇簇的树丛倒映得不是那么清澈透亮了。唯有五更跟前那翻滚的浪花，还像棉花朵儿一样白煞煞的。五更看到那两只"扑答答"惊飞起来的水鸟，就像两块瓦片，一前一后，被撒进黑乎乎的夜色里。再看眼前的溪水，一个高大的身影，如同一张褪去绒毛的山羊皮，猛然间倒映在他跟前的溪水中。

　　溪水在动。

　　那个黑影也在颤颤悠悠地动。时而，那黑影还与五更蹲在溪水边的身影重叠在一起。时而，又被五更撩起的水花给打散了。

　　五更刚才在田里割稻呢，男男女女的好些人。

　　这会儿，太阳落山了。小村里割稻的男男女女，一溜儿挑着稻个子（稻捆子），前呼后拥地奔向了村头的打谷场。五更鼓了一泡尿，他缩在后，拐进田头小河堤上撒尿时，看到小河里清凌凌的溪水，忽然感到裤管里、脖颈间，到处都是刚才割稻时钻进的稻芒子，怪痒痒的！他便绕到河堤下，想把脸上呀、脖颈里的稻芒子洗洗。但他没有想到，就在这个时候，那个"黑影子"跟过来了。

五更猜到，那个人是四顺子。

当下，五更下意识地把手伸到河水中，摸到一块附有青苔的石头，感觉那是一块尖利的石头时，五更的胆子壮了一些。但他没有抬头，他装作没事人的样子，在溪水中有一搭没一搭地清洗着那块石头。

"哗——咷！"

"哗咷——"

五更清洗石头的声音越来越小，他在侧耳听着岸上的动静，以至于连他自己都听不到清洗石头的声响时，河堤上的四顺子发话了：

"你能洗得干净吗？"

四顺子那话，明显带着情绪。五更没有吱声。

"哑巴啦？"

这一回，五更从小河边站起来，他冷板着脸，问四顺子："你说谁呢？"

四顺子说："你说我说谁呢？"

五更说："你少跟我来阴阳怪气这一套！"

四顺子牙根儿一咬，说："嘛？！"

四顺子那语气，显然是带着愤怒的。

五更没有怕他。

但五更从小河边起身以后，他绕开了四顺子堵在他身后的那道河坡。五更踩着河坡边的枯草，"咯吱咯吱"地攀上堤岸。

四顺子斜着眼睛瞪着五更。

五更同样也在斜着眼睛瞪着四顺子。

两个人，就那么隔着一小段距离，默默地站在暮色愈来愈浓的小河堤上，各自摆开了一番谁也不怕谁的架势。

这个时候，五更倒是先发话了，他问四顺子："你想干什么？"

四顺子问他："你说我要干什么？"

五更沉默。

四顺子直接把话挑明了，他问五更："你做了什么缺德的事，你还不知道吗？"

五更当然知道四顺子那话指的是什么。但他绕了一个弯子，反过来问四顺子："那个时候，有你什么事？"

五更说的那个时候，是指前年，土地"合作化"以后，小村里的男男女女，忽然间可以团在一起下田劳动了。在那期间，五更与二兰子在劳动中相恋了。他们两人，赶在一天午夜打稻谷时，一同钻进了汽灯照耀不到的稻草窝里了。

事后，也就是现在吧，二兰子与眼前的四顺子结了婚。二兰子便把那天晚上的事儿，全推到五更身上了。

二兰子说，那天晚上，大伙儿通宵忙着打稻谷，到了下半夜，她实在是困得不行了，便与五更一起滚到稻草窝里睡了。后来，五更解开她的腰带，她似乎什么都不知道了。

可五更清楚地记得，那个时候，他手忙脚乱地去解二兰子的腰带时，竟然把二兰子原本打着活扣的腰带，给抽成死扣（死结）的了，要不是二兰子猛吸一口气，把肚皮吸瘪下去，他根本是解不开二兰子那根花腰带的。

但那话，能与谁说呢？

五更只知道二兰子是出于无奈，才把那晚的事儿都推到他一个人身上的。过后，二兰子传过话来，让五更提防着四顺子。她怕四顺子找五更算账。

果然，就在那个四野一片空旷的夜晚，四顺子把五更给堵在村外的小河边了。他们两个人，原本是没出五服的兄弟。可那会儿，早已经没有兄弟的情分了。

四顺子骂他："你太不是个东西了！"

五更说："你说谁不是个东西？"

四顺子说："我说谁，谁知道。"

五更没有跟话。五更的心里也觉得欠着四顺子什么。但那一刻，五更面对四顺子咄咄逼人的话语，他没有认四顺子"那壶酒钱"。

五更说："那个时候，你在哪？"

五更那话里的意思是说，他与二兰子相好的那会儿，没有你四顺子什么事儿。五更甚至想说，那个时候，二兰子若是你四顺子的媳妇，我五更只怕是连碰都不会去碰一下。但那话，五更没有说出口。他只是说，那个时候，他与二兰子的事，与他四顺子没有半毛钱的关系。

四顺子说："怎么没有关系？"

五更说："那会儿，二兰子是你媳妇吗？"

四顺子说："她现在不是我媳妇吗？"

五更说："过去是过去，现在是现在。"

四顺子说："你想赖账？"

"那不存在赖账不赖账。"五更说，"如果你觉得那是一件事情，也用不着你来找我，你让二兰子来找我。"

四顺子牙根一咬，说："屁话！你还不够格。"四顺子那话，是说二兰子现如今是他四顺子的媳妇了，你五更没有资格与她对话。

五更说："你既然说我不够格，那咱俩就没有什么好说的啦！"

说完，五更转身想走开。

不料，就在这个时候，四顺子猛一声断喝："你给我站住！"

五更下意识地停下脚步，同时，他把手中的石块攥紧了。五更知道，四顺子今晚死活要与他来个了断。于是，五更把手中的石尖朝外，做好了随时迎击的准备。

可四顺子接下来的一句话，让五更瞬间没了主意。

四顺子在黑暗中，压低了嗓音，先是如蚊虫嗡鸣一样，叫了一声五更哥，随后，他像个受了委屈的孩子，支支吾吾地对五更说："便宜被你占了，那事情，你就不要对外人说了！"

刹那间，五更绷紧了的心弦，如同一块坚硬的土坷垃被扔进水塘中，瞬间变成了一摊柔软的泥巴。

接下来，五更没再说啥。

四顺子也没再说啥。

两个人，就那么在黑暗中默默地站着。许久，忽听小河中"嘭"的一声闷响——五更把他手中的那块石头扔进水里了。

面 瓜

　　盐区人起名字，大都与海有关。如海生、海霞、海云、海涛、海贵、海英、海燕、海狗子，等等。起外号也离不开海里的鱼虾。如一个人长得黄胖胖的，给他起外号——大黄鱼；某户人家的媳妇过于苗条（太瘦），送她外号——鳞刀梢子。因为，鳞刀鱼梢子那一段儿，细长、无肉，与那媳妇瘦筋筋的样子正相宜。

　　那么，庞开渠一家，世代生活在盐区，长在大海边，偏偏得了个与大海无关的外号——面瓜。

　　面瓜，是果蔬一类的食物，圆溜溜、面沙沙。庞开渠难道就长成那个模样？是的。庞氏父子，不仅是庞开渠长成那样的面瓜脸，他的三个儿子，个个都是面瓜脸。乡邻们给庞开渠的三个儿子起外号——"大面瓜""二面瓜""三面瓜"。庞开渠自然就是"老面瓜"。

　　这在盐区，在中华人民共和国成立初期，人们吃饭、穿衣普遍都很困难的那个年代，很难找到那样满脸"福相"的人家。

　　可庞氏父子，喝白水都长肉。而且，肉都长在脸上，以至于，庞氏父子的鼻梁，都陷进两腮之间了。

　　小村里人，给庞家送了一个较为笼统的外号——面瓜。也就是说，庞氏父子的面容，个个都是胖乎乎的腮帮子，圆

乎乎的大脑袋，用手敲击一下，没准还真会像熟透了的面瓜那样"扑扑"作响哩!

沿街来个卖豆腐的，远远地吆喝一声："热豆腐——"

随后，那个卖豆腐的被旁边小巷里一户人家喊去了。而这边，端着黄豆出来换豆腐的婆娘，左右张望，看不到刚才喊呼卖豆腐的那个人了，便会向过往的行人打听："看到那个卖豆腐的没有?"

回答："到面瓜家门口啦!"

听到的人，自然知道那是指庞开渠家那儿，但大伙都不说庞开渠，都说"面瓜"家那儿。

庞开渠那名字，好像仅用于生产队的账本上。时而，生产队分粮、分草、分小鱼干时，一堆一团地堆在场院里，读过私塾，或是正读二三年级的小学生，一堆一团地看着纸片上的姓名寻找户主，旁边有人指着跟前的一堆，问："这是谁家的?"

那纸片上，明明写着"庞开渠"三个大字，可回话的人却说："面瓜家的。"

庞氏父子，也都知道村里人那样称呼他们。

庞家的两个小儿子在一起打闹时，"三面瓜"挨了"二面瓜"的欺负，"三面瓜"走出家门以后，还感到心里憋屈，看到巷口一块石头，气乎乎地猛踢上一脚，发泄道："你个'二面瓜'!"一家伙把那块鸭蛋大的石块儿踢出好远。

"面瓜"这称谓，在庞氏父子心里，尤其是在"老面瓜"庞开渠的心中，就像一道魔咒，时刻诅咒着他的家人——乡邻们都觉得他们家的人是"串种"人。

盐区这边，北依山东，南扼淮河，自南北朝时，便饱受战争的蹂躏。清军入关后，为强渡淮河，曾在此地屯兵数月。庞开渠他们家祖上，是不是在历史上的某一个环节中出了"问题"，这个"问题"的出现，让庞开渠蒙羞难语。

庞开渠知道，他的父亲、爷爷，也都是他现在这样胖乎乎的模样。他做梦都在期盼他的下一辈，也就是他的儿子们能够有所"改良"。没想到，他那三个儿子，一个一个，全是他那种"面瓜"模样。

小村里，好多人都拿他们庞氏父子当作怪物来看！

庞开渠曾翻过《家谱》。但《家谱》中，丝毫看不出他们家那一支的血统有什么异样。可现实生活中，他庞开渠这一支男性，个个都长得一脸怪模样。

那种"怪模样"，让庞开渠在众人面前说话都没有底气，他总觉得自己是"串种"人，凡事小心谨慎，生怕说话的声音大了，做事情出了格，惹出什么事端来，受人欺压。

但庞开渠的那种处事法则，在"互助组"往"农业社"转型时期，给他带来了不少好处——大伙看他为人本分、老实，让他做生产队的仓库保管员。

那段时间，庞开渠掌管着生产队粮库的钥匙。别人家大人小孩面黄肌瘦；而庞开渠父子，脸盘子仍然白白胖胖。这在那个年代，可是富裕人家的象征。为此，庞开渠为大儿子讨得一房好媳妇。

庞开渠讨得的那房好媳妇，就是唐小果。

唐小果是个唱戏的，沭阳那边过来的草台班子。他们赶在一年冬闲时，组团来到盐区这边演小戏，住在庞开渠他们家的东屋里，看到庞开渠一家个个都吃得白白胖胖的，误认为他们家的家底很厚；尤其看到"老面瓜"庞开渠的手中，整天晃动着一串铜的、铝的钥匙，和一个鳖盖大小的、印有粮"仓"的木头印章。唐小果便满怀憧憬地嫁给了庞开渠的大儿子。

那个戏台上扮过"红娘"、演过"小青"的唐小果，瓜子脸、瘦高个儿，脸模子细白白的，非常耐看（好看）。

庞开渠喜出望外。当时，本地人家的姑娘，都认为他们家是"外来种"（杂种），都不愿意嫁到他们家做媳妇。而那个异乡来的唐小果，懵懵懂懂地就成了庞家的儿媳。这在"老面瓜"庞开渠看来，是喜从天降！

庞开渠盼望唐小果的到来，能够"改良"他们家的下一代。庞开渠觉得，那个唐小果，来自遥远的沭阳，人又长得干瘦、漂亮，应该是他们家基因转型的希望。

其间，也就是唐小果蒙上红盖头，坐到庞家的新娘床上以后，"老面瓜"庞开渠还别出心裁地讨过"方子"（问过中医），劝儿媳唐小果过门以后，少吃肉鱼，多干农活，力争让腹中的胎儿别再长个胖嘟嘟的"面瓜"脸。

还好，唐小果历经十月怀胎后，最终如愿以偿地给庞家生下一个"不一样"的大孙子。

这下，原以为庞氏父子该高兴了！没料想，"老面瓜"庞开渠，白天在小巷口那儿刚炸响一挂小鞭，庆贺家中添丁。

晚间躺到床上，他却翻来覆去地睡不着了。庞开渠隐隐约约地觉得，儿媳唐小果生的那个崽儿，十有八九，不是他们庞家的"种"儿。他甚至怀疑唐小果是在戏班子里头怀上那"野种"以后，不得已才留在他们家"甩包袱"呢。

但那话，庞开渠没有对任何人讲。他只当作一块石头，压到了他自己的心上。

放　驴

早年，康家驴队，是盐区人出行的重要交通工具。

那时间，盐区人口稀少，房屋建筑也少。码头到城区的六七里路，仅靠一条丈余宽的盐官道相连。

那条盐官道，铺设在盐碱地上的，两边树木少，杂草也少。天气晴好时，从路的这头能望到那头。偶尔，还能看到远处空旷的路面上，有野兔在慌不择路地奔跑。平日里，路上有挑担的、抬筐的，还有"吱呀吱呀"推独轮车的，时不时地还可以看到一台官轿，打远处颤悠悠地抬过来。赶上雨天，路面泥泞，唯有骡马，方可勉强通行。

康家驴队，就是在那一时期兴起的。

"客答客答"。

三五头灰背白嘴子的小毛驴，如戏水的鸭子，由头鸭领着，整齐划一地划过空旷的原野。它们从盐河码头那边走来。有时，驴队是从镇上往盐河码头那边去的。它们每天都走在那条固定的线路上——从盐河码头到镇上，或是从镇上回到盐河码头。

驴们很是自由的样子。它们优哉游哉地驮着镇上的赶船人，也驮着赶船人所携带的货物，或是驮着刚刚从渔船上卸下来的海货（鱼呀、虾呀、蟹之类），驴们驮着海货过来时，一路滴滴答答地滴着海水，尤其是刚刚离开码头的那一段路程，路

面儿整天都是湿呱呱的。驮海货的驴子，肚皮也都湿呱呱的。

康家驴队，把码头上新鲜的鱼虾驮到镇子东面的"驴运站"。驴子就不走了。

这个时候，有人会从驴背上把货物卸下来，并牵着驴子到旁边的空地上让它打个滚儿。

驴子是一种很神奇的动物，它们从码头驮来货物时，一个个累得跟个傻儿子似的，若是换作人的话，早该找个阴凉地儿坐下来，喝杯茶水歇歇脚了。可驴子们不，驴子们还要继续折腾，你把它牵到旁边的空地上，它忽嗵一下，四仰八叉地倒在地上。然后，摆动四蹄，看似抽筋一般，在那儿痛苦地摇呀，摇！怪让人揪心的。可它三摇，两摇，唉！摇过去了。随之，它再自个儿爬起来，瞬间变成了另外一头驴子似的，随之摆动起尾巴，来了精神，想找水喝，想找东西吃了。

货站里的主人呢，眼瞅着驴子翻过个儿（打过滚儿），就知道它已经歇息好了，赏它几粒黄豆或半瓢清冽冽的泉水，再把这边的货物给它装在背上，轻拍下它的驴腚，好像在说："你个傻儿子，走吧！"

那驴子，被主人拍了屁股、赏了豆粒、喝下半瓢泉水以后，如同得了什么奖赏似的，埋头驮上货物，便"客答客答"地往回走了。

这期间，无须有人跟着，驴子们准能把货物给主人运送到两边的货站。

这在当时，可是盐区一道极美的风景。

你想嘛，一列无人看管的驴子，它们能自觉地驮上主人的货物，从那条风来起硝的盐官道上，默默地运送货物，那是多么喜人、奇妙的事儿！

而驴子们来回行走，好像就是为了那几粒黄豆和半瓢泉水，再就是主人能牵它到旁边的空地上打个滚儿。

如果，那驴子驮着货物来到货站，主人一时忙乱，没顾上喂它几粒豆子，甚至没有及时把它背上的货物卸下来，那驴子，就会耍脾气——就地在那抖动背上的货物不说，有时，它还会昂起脖子在那"嗯啊——嗯啊——"地叫哩！

那叫声，好像在说，我都把货物给你们驮来啦，你们不给我豆子吃、不给我泉水喝也就罢了，怎么还不帮我把背上的货物卸下来呀！嗯啊——嗯啊——你们这些王八蛋！

有时，驴背上驮来的不是货物，而是一个大活人。

船上下来的客人，或是从镇上要到码头上乘船的小脚老奶奶，只要你坐到康家的驴背上，那驴子就会把你驮到码头上去，或是从码头上把你驮到镇上来。但是，它不能把你送到家里去。康家的驴子只把你驮到镇子东边的驴运站。接下来，你怎么回到镇上的家里去，你再另外想办法。

康家的驴子，就跑它固定的那一段路程。

如果，驴子把你从码头上驮到镇上的驴运站，你还赖在驴背上不下来，甚至想让驴子把你送到家门口，那驴子可就不干了——它会尥蹶子，把你从背上掀下来。

所以，驴运站里的主人，只要看到驴子驮着人来了，不管驴背上驮的是大人，还是个小孩子，立马就要迎上去，把客人从驴背上扶下来。否则，那驴子使起性子来，可就麻烦了。

很显然，康家的驴子是经过驯导的。

康家新购来的驴子，往往要让它跟着驴队走上那么一阵子。再者就是用食物故意引诱它往岔道上走。然后，揪住它的"岔儿"，用皮鞭、树条子，猛抽它的头部、耳朵（驴子的头部，尤其是耳朵，最为脆弱），一打它耳朵，它疼得眼睛都闭上了。驴主人让它记住疼痛的同时，也让它记住岔道不能走。

可盐区这边，有些坏小子，偏偏就不信那个邪，他们骑上康家的驴子以后，半道上，专挑岔道儿让驴子走。那驴子先是停下来，瞬间打起响鼻，"吐噜噜，吐噜噜"地响，似乎是在质问你："你指使我往岔道上走，是想让我挨揍吗？"这个时候，如果你还不给它改"斜"改正，那驴子立马就给你炮蹶子——把你从背上掀下来。

那样的事情，发生了不止一回两回。其中有一回，是一个坏小子（可能是康家生意上的对手暗中指使），想搅乱康家的驴子市场，专门找来一头正在发情的小母驴，在康家驴队的必经之路引诱它们。

没料想，康家驴队中的那些大公驴，见到那头情意绵绵的小母驴时，一个个睬都不睬，只管埋头赶它们的路。

这可真是奇怪了！

后来，人们知道了，敢情康家的驴子，在上路运送货物之前，公驴的睾丸就被扯去了（摘掉了）。

而今，半个多世纪过去了，康家的驴队，早已退出了历史舞台。可康家驴队在盐区所留下的那句歇后语，至今还在盐区口口相传。那就是，康家的驴子——扯淡（蛋）。

花 脸

花脸是一头牛，通体灰白，唯有面部，还有它的左胯上方，一直连到尾巴梢子那儿，有两片炭灰一样的黑。它的主人——张元一家，叫它“花脸”。其实，叫它“黑屁股”，或是“黑脸”，都是可以的。但主人叫它“花脸”。好像叫它“花脸”，它就显得很漂亮似的。

“花脸”是头小犙牛。

盐区这边，管三岁以下的小母牛，叫小犙牛。类似于女人没有出阁之前叫大姑娘。

但张元家的“花脸”，已经怀上崽了。

张元的婆娘炒豆子喂它，“花脸”误认为又要让它到后山拉石头。以至于张元赶车让它到南园拉白菜，一出大门它竟然奔着后山去了，幸亏张元扯紧了缰绳，硬把它拉扯到去南园的道上来。

盐区这边，地碱水咸。本地人家建房子，都要到后山拉些石头来砌地基，以防盐硝溮墙。张元家自从有了那头小犙牛，经常有人上门来问价儿（拉一天石头多少钱），张元总是说：“给两瓢黄豆吧！”

当时，盐区这边已经开始从“互助组”往“农业社”过渡了。各家手头都不是太宽裕。张元跟人家要两瓢黄豆，一是那头小牛拉石头需要下力气，让它吃好草料，好强壮起来；

再者，张元跟着牛车忙活一天，晚间到家，很想让女人端点黄豆去换块水豆腐犒劳一下自己。

当然，更多的豆子还是要在热锅里焙焦、捣碎，拌进草料里，让"花脸"吃下以后，好去后山拉石头，好孕育它腹中的崽儿。

"花脸"与张元一家都混熟了。

张元走到它跟前，不用喊呼它的名字，轻唤一声："走啊！"

那"花脸"立马就懂得要让它下田犁地，或是带它到后山拉石头。随即，它双膝点地，"呼"地一下，就站立起来了。

回头，犁地的间隙，或是拉石头行至半道上，张元会故意停下来歇息一会儿，以便让"花脸"反刍一下。

"花脸"吞食草料时，是囫囵吞枣似的裹进肚里的。这会儿，犁耙停在田头，或是牛车行至半道上，张元专门给"花脸"留出一个歇息的空当，让它把腹中的草料再反刍到口中咀嚼一番。这个反刍的过程，对于"花脸"来说，是消化食物的一个至关重要的环节。如果不给它反刍的时机，让它一直那样耕田、拉车，它不仅会胀肚子，甚至会累趴在田地里。有时候，"花脸"过于劳累，没有力气反刍了。那样的时候，张元就很紧张。直至看到"花脸"腹中的草料，像个圆球一样，"咕嘟"一下，从它的脖颈间滚动上来，张元那颗悬着的心，才会落下来。

"花脸"的嘴巴挺馋。它反刍的时候，总是会偷吃旁边大田里的庄稼。张元瞪眼看着它时，它很乖，摇着个黑辫子

似的大尾巴，半天一动不动的。一旦张元转身捧火点烟，或是向远处张望风景时，它就会像个小贼一样，将嘴巴伸向旁边的嫩玉米，或是青豆苗。

那样的时候，张元会扯高了嗓门，呵斥它："花脸！"

张元的那一声断喝，是恐吓，也是制止，尤其是张元扬起鞭子要去抽打它时，它还会装作很害怕的样子，自个儿先把一双大眼睛闭上了。好像它闭上眼睛以后，挨打的就不是它了。事实上，张元扬起鞭子也只是吓唬吓唬，并不会真去打它。

"花脸"怀孕了，干活又是那么卖力。张元怎么忍心去打它呢。

但是，张元那一声断喝，"花脸"是记在心上的。以至于拉石头爬坡时，张元只要高喊一声："花脸！"它立马会瞪圆了眼睛，四蹄掘土，下死力气地往前奔。

"花脸"对主人的声音可敏感了。它能辨出主人什么样的声音，是让它下力气拉套。什么样的声音，是它自个儿犯了错误，要挨训、挨打呢。

"花脸"在张元家度过了两个冬天。赶到第三年开春，"花脸"快要生崽时，"互助组"正式转为"农业社"。各家不让私自喂养大型牲畜。

"花脸"归属生产队，成为集体财产。同时与"花脸"归属"大集体"的，还有几户人家的水牛、黄牛，统一都交给一个瘸腿的阿伍来喂养。

阿伍是个牛把式，他早年在财主家扎觅活（扛长工），就是喂牲口。此番，生产队把各家的牲口集中起来交给阿伍喂养，大伙儿还是比较放心的。

阿伍在生产队的牛屋里面搭建了一个吊铺，昼夜与牛们生活在一起。入夜以后，牛们在吊铺下方吃草，他就在牛背上方的吊铺里睡觉。赶上生产队没有什么活计时，他还会牵上牛们，将它们散放在西河洼的河谷里，让它们吃河滩上的嫩青草。有一天傍黑，阿伍赶上牛们往回走，突然发现"花脸"不见了。四处寻找，不见"花脸"时，他这才意识到"花脸"独自走到前头——去找它昔日的主人了。

当时，张元一家正围在饭桌前吃晚饭，看到"花脸"就像个离家出走的孩子，猛然间羞羞答答地回来了。张元全家人都很高兴，尤其是张元，他立马放下手中的碗筷，喊呼女人："快去找点豆子来！"

一时间，女人慌了神！家中自从没有了"花脸"，也就没有人来找他家拉石头了。没有人找他家拉石头，自然也就没有豆子了。

张元呢，很快也意识到家中无豆，他抓耳挠腮地跟女人说："那，那也得弄点什么给它吃呀！"

说话间，张元想到他的碗根里还有一点稀粥，起身递到"花脸"嘴边，"花脸"伸出粉嫩的舌头，"吧唧，吧唧"两下，便把那碗根舔舐得像女人刷洗过一样干净。

接下来，女人也把她碗中的一点稀粥递给了"花脸"。"花脸"就那么站在主人的家门旁，讨要了一点吃的，便被张元牵扯着送回场院，交给了阿伍。

可谁又能料到，就在那天夜里，阿伍在吊铺上抽烟时，不小心燃起了一场大火。他自个儿没能从吊铺上爬下来不说，那几头被他拴在吊铺下面的牛，也被活活烧死了。

村里人闻讯赶来救火时，两间刚盖起不久的牛屋，已经被大火烧塌了架儿。那几头被大火烧得面目全非的牛，一个个僵直了四肢，黑乎乎地挺在牛槽边。

张元跑来后，一眼认出了肚子凸起的是"花脸"。当下，他情不自禁地惊呼一声："花脸——"

张元的那一声呼喊，可能是过于声嘶力竭，已经没了呼吸的"花脸"，竟然痉挛般地动了一下。张元知道，"花脸"那是认为喊它吃豆，或是呼唤它上坡时加力呢。

刹那间，张元的泪水，"唰"地一下就滚落下来了。

但接下来的一幕，令人诧异了——张元抬手抹泪水时，他竟然在"花脸"烧焦了的耳根子那儿，扯拽下一块熟肉条儿，几乎是就着泪水，塞入口中。随之，他腮帮子一鼓一鼓地咀嚼起来。

那一年，盐区闹饥荒。好多村庄里的树皮和海滩上苦唧唧的海英菜，都被人们当作食物给吃光了。

盐 官

沈老爷察觉到小伍子胸前那块小怀表不见了。但，沈老爷一直没有去问小伍子。

沈老爷总是觉着欠了小伍子什么。

那孩子，是三房的姨太所生，小的时候放在盐河北乡他舅舅家那边，长到快要上学了才领回来，他的性情野了！捉鸟、掏鳝，晚间去盐河边照蟹是把好手，让他到南书房去读书，他就烦躁不安。沈老爷训过，骂过，交给先生严加管教过，都没有把他那野性矫正过来。

转过年，小伍子虚岁十七，沈老爷不指望他成什么大器，便将前河沿的布庄交给他去打理。目的是历练他的经商之道。殊不知，那孩子在乡下待得太久，进城以后，所结交的朋友也都是北乡过来混穷的"泥腿子"。其中，有一个混得还算不错——在盐政科里当差。

小伍子领那个年轻人到家里来过，叫什么名字，家里人没去细问，只听小伍子来回喊他"大头杨，大头杨"。

沈家人知道，那个大头杨有个远房的舅舅在县衙里做事。否则，他很难谋到盐政科里那个职位。

早年，在盐政科当差的人，都穿灰色双排扣的制服，打着白色的裹腿子，他们的大盖帽边沿上，还有一圈亮眼的白边（盐的标志）。那帮人，像兵不是兵，可拉出去以后，又像是一支整齐划一的队伍。集训时，也学正步走。但他们没有枪，正步走的时候，每个人的肩上都扛着一根黑白两色的棍棒（以备缉拿偷私盐的小贩时所用）。

盐区人，见天与盐打交道。所以，人们怕他们，也恨他们，但都变着法儿讨好他们。因为，他们手中有缉拿私盐的权力，还掌管着官方的盐引（类似于当今的税务发票）。

小伍子与那个在盐政科里当差的大头杨交往，原本是没有错的。可大头杨的德行好像不行。他看小伍子家里富裕，处处都想占小伍子的便宜。他不当班的时候，就泡在小伍子的布店里。要么，就叫小伍子去海边打鸟。赶上饭时，还呼啦啦地招呼一帮子人下馆子，每回都是小伍子跟着买单。

沈老爷想提醒小伍子，少与那帮"盐匪"打交道。可转而又想，若是想让小伍子在市面上混事，就得放手让他去造。

在沈老爷看来，只有让小伍子自己尝到苦头了，他才能悟出盐河里水深水浅，知道社会上什么样的人能交往，什么样的人不能交往。

像大头杨那样天天与小伍子裹在一起，看见小伍子手中有好玩的把件儿就拿去玩，好用的就要了去自个儿享用，显然是不靠谱儿的。眼下，小伍子那怀表不见了，一准儿是被那大头杨要了去。

那块表，是一个扬州商人送给沈老爷的。沈老爷爱若珍宝似的戴了几年。后期，沈老爷眼睛花了，每回都要拿放大镜才能看清楚小表里面的指针，干脆就收起来不戴了。没承想，小伍子翻腾出来，问都没问沈老爷，便戴在他自个儿的

胸前了。

可这两天，小伍子胸前那块小怀表不见了。

沈老爷很想问问小伍子那表的去向，他甚至想告诉小伍子，别看那块表的块头小，可是德国造，少说也值三头骡子或两匹马的价儿，怎么就随便送人了呢。可小伍子好像总跟他老子拧着劲似的，不是三天两头躲着沈老爷，就是过了饭点以后，匆匆忙忙地跑回来扒拉两口饭，拿个什么物件，别着个脸子就走了。沈老爷思忖着那孩子心里可能有事。

于是，这天晚饭时，沈老爷便在饭桌前多坐了一会，等小伍子回来把饭菜吃得差不多时，他便轻描淡写地问了他一句，说："这两天，怎么没见着那个大头杨过来？"

小伍子别着个脸，冷不丁地冒出一句："不想提他！"

瞬间，沈老爷悟出他们两人闹翻了。

但，沈老爷依旧温温和和地问："怎么了？"

小伍子半天没有吱声。

回头，父子俩都沉默时，小伍子气狠狠地说："我要去告他！"

这一回，沈老爷没有吱声。

小伍子说，那个家伙太不地道，谎说他舅舅要去四川，能帮助带一批上好的丝绸来，骗去他一大笔银子。

沈老爷插话，说："我们这边不是有苏杭的丝绸吗？"

小伍子说："他说四川乐至那边出桑蚕，丝绸便宜。"可小伍子把银子给他以后，才知道他根本没有去思量丝绸的事，而是把那些银子花在他的新嫁娘身上了。说到这儿，小伍子发狠说，他要到盐政科去告他，让他吃不成盐政科里的那碗饭——扒掉他那身"狗皮"。

沈老爷静静地看着小伍子，半天没有吱声。末了，他问小伍子："你把他告倒了，就能追回你的银子吗？"

小伍子脸别在一边，不语。

沈老爷说："罢了，这件事情，你就别跟他较真了。"

接下来，沈老爷告诫小伍子，交友要慎重。同时，沈老爷把事情揽过去，说他这两天抽空去趟盐政科，找找他的上司，争取把那笔款项追回来。

沈老爷常与盐政科的上司们在一起吃酒席。

小伍子原认为父亲要去追扣大头杨每月为数不多的薪水。没想到，父亲找到他们盐政科的上司后，给大头杨弄了个掌管稽查盐路的小官当，让他整天带着十几个"盐警"，查路封道，缉拿盐贩。

那可是个肥差。

至此，大头杨再也不用到小伍子这边来蹭吃蹭喝，每天都有人请他下馆子。其间，自然还有人给他塞红包，疏通盐道。而大头杨所欠小伍子的那笔丝绸款，就在那期间，陆陆续续地还上了。

两年后，就在大头杨平步青云，蓄意去做更大的盐官时，一桩盐商贿赂案，将他牵扯进去——大头杨锒铛入狱。

公判大会的时候，盐区好多人都去围观了。唯有沈老爷家，上下几十口人，没有谁去关心外面发生了什么事件。

枪 套

罗大成是一九四六年的兵,他与"老蒋"的队伍真刀实枪地干过两年,等把"老蒋"他们赶到台湾以后,他转业到地方乡公所工作。在那期间,他家里遭人袭击过一次。

那个时候,盐区刚刚解放,国民党的残余势力还没有彻底清除。被打倒的地主、盐商们,做梦都在想着他们曾经拥有过的土地和盐田。更为糟糕的是,部分散落于民间的山匪、海盗,浑水摸鱼,他们昼伏夜出地聚集起来,经常做一些拦路抢劫、打家劫舍的勾当,搞得社会很不安宁。所以,那时间的乡公所干部,肩负着维护社会治安的职责,他们都配备了枪支。像罗大成那样从部队转业回来的干部,仍然穿着一身黄军装,整天斜挎着一挂亮铮铮的"盒子",在他所管辖的各个村庄里转悠,以便震慑山匪、海盗和那些想做坏事、想偷鸡摸狗的毛贼。

应该说,那个时候,谁家遭遇毛贼,或者说,谁在那个时候做过毛贼,都不是什么了不得的事情。盐河口"吹呜哇"的四眼儿,晚间在村前的小河里洗澡,感觉肚子有点饿,想到前几天他在西河洼做事时(那户人家死了人,他在那做吹鼓手),察觉到那户人家的煎饼叠放在堂屋门后的一口小瓷缸里,便临时起意,纠合当晚和他一起在河边洗澡的几个人,如同到西河洼去看戏一样,摸到那户人家,抢了人家的煎饼,还在人家院子里拔了几棵大葱。一路上，几个人吃着煎饼卷大葱，说说笑笑地就回来了。

但是，罗大成家那次遭遇抢劫，并非像四眼儿那样的小毛贼所为。那伙子人，像是有组织的山匪、海盗，他们进村以后，冲天"统！统！"放了两枪（后来证实是炮仗），以恐吓村民，他们手中有枪炮。随后，便有人在罗大成家房前屋后高声叫喊：

"好狗看好自家的门！"

"月黑风高，火枪可是没长眼睛！"

言下之意，周边的邻居们，你们安稳在家睡大觉，千万别出来管闲事。否则，他们手中的火枪，可是要伤及人命的。

听到喊声的乡邻，明知道土匪进村了，只因为一时没有袭击到自己家，便缩在被窝里，假装外面发生的事，他们一概没有听到。甚至到了第二天，隔壁邻居还会诌个理由，说是头一天晚间，他们家到盐田推盐、收盐去了，回来以后，累得要命，上床就睡了。好像邻居家遭遇抢劫，他们没有起来援助，完全是因为睡得太沉了，没有听到外面的响动呢。

可罗大成家那次遭袭，动静蛮大的。那伙子贼人，进村时放了两枪，翻墙入院以后，又在罗大成家的院子里放了两枪。那动静，惊天响哩！周边的邻居，怎么会没有听到呢？

但是，四邻都没有起来援助的。

乡邻们知道，土匪手中有枪，罗大成手中也有枪。两方若真是交起火来，那子弹乱飞，说不准就奔着人们的脑壳来了。

可巧的是，那天夜里，罗大成到县里开会去了。开枪的只有土匪一方。他们破门而入以后，其中一个持枪的瘦高个儿，首先把罗大成的女人给控制住，他手握一支用红布包裹住的"盒子"，直抵罗大成女人的脑门子，呵斥她不许乱动，还不让她乱喊乱叫，否则，就要扣动扳机打死她。

当时，罗大成的女人已经披衣坐在床头了。那伙子贼人进屋以后，个个都裹着灰乎乎的头巾，在那翻箱倒柜，唯有那个冲她晃"枪"的瘦子，不停地逼问她：

"大洋呢？你家的大洋藏在哪？"

在土匪们看来，罗大成在乡公所当干部，他们家隔三岔五地就在铁锅里煎小鱼，招惹得周边三四条街上的猫都围在他家墙头上打转转，他们家一定是很有钱呢。再联想到前一段时间，罗大成带领村民，分了地主家的田地，没收了盐商的房产，他自个儿自然会落得个盆满钵满（中饱私囊）。所以，那天晚上，土匪们上来就威逼罗大成的女人交出大洋来。

女人说，他们家没有大洋。

土匪们不信。土匪们把她家里翻个底朝天，也没有翻出半块大洋，倒是让那女人吃了不少苦头。他们来回扇打她耳光，一遍又一遍地威逼她："大洋呢，你们家的大洋呢？"

罗大成的女人一直说他们家没有大洋。

末了，土匪们搜不到大洋，便把他们家的衣服、棉被，还有罗大成在部队时穿过的几双半新的鞋子，全都捆扎起来扛走了。那个持"枪"断后的瘦子，临出门时，看罗大成女人胸脯子那儿高高尖尖的，假装查看那地方藏没藏大洋，还坏坏地往她胸口那摸了一把。

可那件事，女人没有对外人讲。包括第二天清晨，罗大成从县里闻讯赶来，乡邻们都围在他们家小院里，打听昨夜土匪入院的过程时，女人只是说，家中的棉被呀，衣裤呀，鞋子呀，还有半袋子玉米面儿，全被那伙子贼人给抢走了，就是没有提那个瘦高个贼人摸她胸口的事儿。她觉得那件事情若是说出去，可能会引起人们的猜疑——没准人们会想到她被土匪给弄了呢，那多丢人呀。

可此时，前来围观的四邻，在他家石磨上发现了燃放炮仗的火灰和纸屑，很显然，那伙子贼人不是什么山匪、海盗，可能就是一伙小毛贼子，他们没有枪炮，拿炮仗来吓唬人。罗大成的女人也在猜测，那个临走还要摸她胸口一把的贼人，手中那个红布疙瘩里面，十之八九就是一个笤帚把子（秫子去掉米粒扎成的把子）。

乡邻们不关心那些。乡邻们只打探昨夜的土匪有几个，他们都长什么样子，甚至，还追问他们说话的腔调，等等。乡邻们追问那些，似乎是在思量，以后他们家若是遭遇到土匪，该用什么办法防范呢。

唯有罗大成，他看过石磨上的炮仗纸屑，断定那就是一伙小毛贼子，便问女人："你手中不是有枪吗？怎么不冲他们放上两枪？"

女人略顿一下，当着大伙儿说："几个小毛贼子，万一我开枪打死了他们，多不好。"

众人听到他们夫妻那样对话，都认为他们家有两杆枪。其实，就罗大成本人有一挂"盒子"。但他出远门办事，尤其是要在外面过夜时，他会悄悄把枪留给女人用来防身、护院。罗大成的女人挺漂亮的，他不在家时，总担心女人会被某些眼馋的男人给算计了。但那女人会打枪，罗大成教给她的。每当罗大成把枪留给女人后，他本人在外面混事时，身上只背着一个空壳的枪套——摆摆样子。

回头，众人都走了，就剩下罗大成和女人时，罗大成还在那埋怨，说："一伙小毛贼子，你怕什么怕？冲他们放上两枪，保准他们全都吓跑了！"

此时的女人，却轻叹一声，说："唉！当时我一紧张，把枕头底下还压着枪的事，给忘了。"

匠 人

　　春天，杨树上的叶子，齐刷刷地舒展成小孩子巴掌大的时候，小村里突然来了一个剃头的。

　　那个人，没挑"一头热"的担子（烧水烫头的炉子），也没有包刀子的油布包和摆放洗头盆的支架。他从张康家酱菜店里借出一条板凳，手持一把青沙蟹似的小"铁笆篱"，在张康家酱菜店的廊檐下左右摆弄。

　　刚开始，人们认为他是卖野药的，或是外乡来玩杂耍的。一问，才知道他是要给人家剃头呢。

　　"剃头的，怎么没有烧水的炉子？"

　　"一根一根地生拔呀！"

　　……

　　围观的人笑谈他。

　　那个人，自称是陕西老王。盐区这边，山西与陕西分不仔细。大伙都把他听成是山西老王。他说他手中的那个小"笆篱"可以给大家剃头发。

　　大伙儿不信。

　　他便捡起地上的草叶，"咯吱咯吱"剪得一节一节的，大伙儿瞪大了眼睛看他时，他还把那小"笆篱"举至自个耳边的发梢上，"咯吱咯吱"地剪下一小撮头发，捏在手上，转着圈儿给大家看。

这时候，有人半信半疑了，问他："剃一个头，多少钱？"

他说："一个鸡蛋。"随后，又补充说，"给一块煎饼也行。"

当下，便有胆子大的人，嘻嘻哈哈地坐到他跟前的板凳上。

很快，神奇的一幕出现了——他手中那个小"笆篱"蹚过的毛发，如同婆娘在锅边起饼子，一铲子下去，就是一道"豁口"子——裸露出青光光的头皮。

直到那时，乡邻们才意识到，那个"山西老王"手中的小"笆篱"还怪神奇呢。

回头，也就是老王把那个人的头发刚刚剃下一半时，有人当真从人群后面递过来一块煎饼。

老王见到煎饼，两眼瞬间放光！他把那剃下一半的头"晾"在一边。转身接过煎饼，双手握了握，握成一段油条状，一口咬下半截，腮帮子上立马滚动起一个圆鼓鼓的包。

老王饿了。

围观的人劝他："慢点吃，别噎着。"

这期间，有人到张康家要来一碗白开水。老王嚼着煎饼，就着水，三两口，就把那块煎饼给吃下肚了。

接下来，就有人挨着号儿等老王剃头了。老王剃头便宜，一个鸡蛋，或是一块煎饼、半拉饼子，就可以打发他了。再就是，老王剃头的花样多，谁若想留个"风扬头""小盖瓦""三道梅"，他手中的小"笆篱"左右摆弄一番，就剃出了你想要的发型。

老王的那种不用开水烫发，就可以把人家头发给剃下来的技能，在当时的盐区，是很前卫、很新潮的。

此后的一段时间，老王吃住在张康家。

张康家的酱菜店，每天都像个乡间小集市。人们前来购物的同时，也有人在那里抄手站闲儿，相互间说些笑话、逗个乐儿。门前的廊檐下，除了老王在那支场子剃头发，还有摆八卦、蒸米糕、剜鸡眼、担货郎担的。晚间，卖狗肉、叫卖大花生的小贩，也赶过来借光——借张康家酱菜店里的光亮。赶到冬闲时，外乡来耍猴的、卖艺的，也都在那边"咣咣咣"地敲小锣子招揽人。他们给张康家酱菜店带来人气的同时，也给张康家带来财运。张康给那些卖艺人供茶水。有时，也给他们供饭，让他们留宿。对方走时，想到明年的某个时候还要再来，往往都要多扔一些钱财给张康。

所以，老王在张康家住下时，张康家是很乐意的。

老王那个人，不光是会给人家剃头发，他还会掌鞋（修鞋）。

老王掌鞋时，旁边的座椅上就摆放着剃头的家什。一旦有人来剃头，他会放下手中正在修补的鞋子，去给人家剃头。

在老王看来，修鞋的事儿，只要不是急着等那鞋子穿着去赶路，他就可以留在晚间收摊以后再修补。

老王修鞋子，也不是本地人的修鞋方法。他用一把带"豁口"的扁平锥子，猛一下，扎进鞋帮里，通过锥尖上那个"豁口"儿，把鞋子里面的线绳"衔"出来。再扎针时，只拽出一个"线鼻"儿，然后把外面的线绳伸进那"线鼻"中，两面用力扯紧，便是一个很扎实的针脚。

老王的那种修鞋方法，尤其适应绱鞋帮子，线绳不用扎至鞋底，而是从鞋底边侧"衔"进线绳，以至于鞋底磨破了，鞋帮子也不会张开口子，很实用的。

后来，也就是老王离开盐区以后，人们才知道老王当初所使用的那种扁平带"豁口"的锥子，叫钩针。他手中那个一握"咯吱咯吱"响动的小"笆篱"，叫推子。

老王是个能人，巧人！他能用一根绣花针，扎死一只大老鹅——把针尖正对着老鹅的脑门芯子扎下去，那老鹅扑啦扑啦翅膀就死了。再者，他会修锁配钥匙。他用修鞋的锥子，锥开"锁腔"。然后，把里面的部件，一件一件地倒出来，再一件一件地装进去，那锁头，就可以重新使用了。

老王在张康家吃住了一个来月。临走时，老王为表示感激，他把手上一枚韭叶宽的金鎏子（戒指）撸给了张康。应该说，那是很贵重的礼物。可见老王那人，还是挺重情意的。

据张康说，老王是陕西长安县人。他与山东战场上战死在孟良崮的74师师长张灵甫是同乡。

中华人民共和国成立以后，有两位陕西籍的"外调"人员，千里迢迢地找到盐区，找到张康，追回了当初老王送给他的那枚金鎏子。同时，对方还举证张康是包庇坏人的罪人。

原来，那老王不是个凡人。他是国军74师师长张灵甫手下的兵。也有人说他是张灵甫的私人理发师。那只是传说，没有确凿的证据。

但是，有一件事，《盐区志》上可以查到，国军74师在山东战场上溃败以后，有一小股逃兵，脱掉军服，混迹于百姓间，逃亡至新浦街上（盐区），用抢来的银镯、金耳环等物件，以很低廉的价格与居民换取食物，和商家兑换现钞以及"袁大头"。新浦街上多家商铺，从中捞到了好处。

那个自称老王的匠人，就是那批逃兵中的一个，这是确信无疑的。至于他后来的状况，那两个来"外调"的陕西人没有透露，盐区这边也就无人知道。凭想象，老王回到陕西老家以后，过得不会太好。

歪　嘴

汪少成是个乡间医生。准确一点说，他是个专治歪嘴子的乡间医生。因为，汪少成除了治疗歪嘴子，对于人体中其他的病症，他就没了能耐。挺现实的一个例子摆在那儿，他儿子的腿脚是他眼看着瘸了的，他竟然没有丝毫的办法给他医治。现在想来，他儿子的瘸腿是小儿麻痹的后遗症。早年间，那毛病确实是没有治疗的好方法。可盐区人提到汪少成，都说他只会治疗歪嘴子。

汪少成治疗歪嘴子的方法很简单——扎针。

"噜噜噜"。

病人左边的嘴巴歪了，他往人家右边腮帮子上扎针；右边的嘴巴歪了，他往人家左边的腮帮子上扎针——扎上一窝针。

说是"一窝针"，其实也就是三五根的样子，只不过那三五根银亮亮的针，集中扎在病人一边的腮帮子上，如同老猫的胡须似的，一根一根陡立在那儿，也怪瘆人的！

具体扎几根针？那要看病人的嘴巴歪到什么程度。同时还要根据病人嘴巴歪的时间长短来确定。

患有歪嘴巴的病人，都羞于见人。他们来寻医问诊时，大都把嘴巴缩在衣领里，或是用头巾把脸呀、嘴巴一股脑儿地裹起来。到了汪少成这里，汪少成总是说："你张开嘴巴我看看。"

对方的嘴巴张不圆，往往都张成歪瓜裂枣的怪模样。那样的时候，汪少成还要让对方使劲张。

对方眼珠子都跟着张大了，他还在那蛊惑："张，张！能张多大是多大。"病人实在不能把嘴巴再张大了，他示意你不用再张嘴巴了。但他要问你的嘴巴是什么时候歪的，腮帮子、牙巴骨那儿疼不疼。等他把对方的病症问明白了，他会温温和和地告诉你："住下吧！"随后，他还会跟病人的家属说："先'拉'两个疗程看看。"

汪少成所说的"拉"两个疗程，可以联想到小学生的拔河比赛。两拨小学生，在操场上共同拉扯着一根绳索。其中，力量大的一方，会把力量弱的一方绳索拉扯到他们这边来。那样的时候，处于弱势的一方，要想取胜，就要齐心协力，摇旗呐喊，一起用劲儿，方有可能把对方拉扯过去的绳索，再拉扯到他们的这一边来。

汪少成治疗歪嘴子——往好腮上扎针，等同于拔河比赛中给"失力"的一方鼓劲儿，让他们把"丢掉"的嘴角，再用力拉回来。

当然，治疗歪嘴子，并非像拔河比赛那样立竿见影。没有两三个疗程（两三个星期），是很难见到成效的。如果病人的嘴巴歪得厉害，或是歪的时间过长，"拉"上七八个疗程，甚至小半年，也都是有的。

大多数来治疗歪嘴子的病人，都要在汪少成家住下来。患有歪嘴子的病人，最怕冷风吹。所以，汪少成安排病人住下来，限制他们外出活动。这本身就是一种治疗。

汪少成家房屋挺多的，正堂五间大瓦房，宽敞明亮。院子里东西两面，各有七八间带隔断的厢房（类似于当今的病房）。厢房里有通铺，也有单间。条件好点的人家，尤其是家里有人来陪护，要一个单间，吃住都方便。

某一年，盐区北乡的陈员外，领着他家小闺女来治疗歪嘴子，不仅住进单间，还住进汪少成家正堂的单间里（等同于时下的高级病房）。

陈员外家境好，他那小闺女在家似掌上明珠。刚来时，她用一条花毛巾捂住脸，死活不让外人看。

汪少成说："让我看一下。"

那小闺女扑闪着一对水汪汪的大眼睛，支支盈盈地往陈员外的身后躲。显然是觉得围观的人太多，她不想让汪少成以外的人看到她的歪嘴子。陈员外没有想到，这小闺女忽然间长大了，知道害羞了。常与病人打交道的汪少成心里明白，他立马轰开周边围观的人。等他看到那小闺女的嘴巴快歪到耳根子底下时，汪少成不由得轻叹了一声，自言自语地说："怎么歪成这样？"

汪少成明显是在责备陈员外，小闺女的嘴巴怎么歪成这样子才来就医。

陈员外如实说："在北乡那边找人治过，没有治过来，反而歪得更厉害了。"

汪少成直勾勾地看着小闺女的歪嘴巴，半天没有言语。末了，他还是跟陈员外说："住下吧！"

接下来，汪少成带着陈员外父女俩选住房，一连推开了好几个房门，那小闺女都站在门外不进去，显然是嫌房间里面黑咕隆咚的怪瘆人，尤其是一推房门时，许多小飞虫，穿行在尘埃里，迎着门前的光影上下翻飞。

那小闺女连连扇动着手臂往后退。

这个时候，汪少成想到他儿子占着堂屋里一间大房子，便让他儿子暂且搬到一边去，让陈员外父女住了进去。

此后，陈员外父女俩，与汪少成一家吃住在一起。白天，汪少成给那小闺女扎针；晚间，陈员外给小闺女用热毛巾敷针眼儿。转眼，两个疗程治下来，丝毫没见好转。

陈员外很心焦！他私下里找到汪少成，问："还有没有希望？"

汪少成没说有没有希望，汪少成说："时间太长了！"他指的是那小闺女的嘴巴歪得时间太长了。用句行话说，过了医治的最佳时间。只能是治到哪一步，算哪一步。

陈员外愁眉不展，但他在小闺女面前还不敢表现出来。他去小街上买来酒、菜，与汪少成把酒消愁时，说："汪先生，你放手治吧。若能治好了，我们就做儿女亲家。"

陈员外那话，显然是有些自暴自弃了。可放在眼前那一对年轻人身上——一个瘸腿子，一个歪嘴子，可谓是半斤对八两，也怪合适呢。

问题是，两个月过后，陈员外那小闺女的歪嘴巴一天天好转了。这期间，汪少成一家真拿陈员外当亲家看待呢，给他们父女俩的房间更换了崭新的被褥，每日的饭菜也都变着花样。陈员外很得意，也很高兴。

汪少成一家也很高兴。尤其是汪少成的婆娘，一想到她那瘸腿儿，就要娶个仙女一样的俊媳妇，就喜得合不拢嘴儿。可欢喜过后，那婆娘又担心陈员外喝酒时所说的话，会不会当真？

这日晚间，汪少成与婆娘熄灯上床以后，女人猛然间问他："你若是把那小闺女的嘴巴治好了，人家会不会不跟俺家的大梁子？"

大梁子，就是他们家那走道儿"划圈"、点"点"儿的瘸腿儿。

汪少成半天没有言语。末了，他答非所问地冒出一句，说："还有三个疗程。"

说完，汪少成脸朝里墙，睡去。

汪少成所说的三个疗程，是指那小闺女的歪嘴子，再治疗三个疗程，就可以痊愈了。

晒 肺

　　沈家老六咳嗽了有些日子了，但他一直没当个事情。其间，咳嗽得厉害时，他到天成大药房去拿过两服药，服了一段时间以后，仍然未见好转。

　　沈老六那咳嗽，不带痰，干咳嗽。如同蒸汽火车将要启动时那样"呼哧呼哧"地往外喷汽。他自己说是胸腔里好像憋着一股子碳烟子，刺激得他气管那儿怪痒痒的，不咳嗽出来，喘气就不顺畅。可咳嗽了上一口，下一口"碳烟子"又犯上来了。所以，他一旦咳嗽起来，就要卷起舌头，不停地"克克克"咳嗽。

　　接下来，他再去"天成"看先生，"天成"里的大先生知道他家里条件好，外头又有过硬的关系，便建议他到大地方去瞧瞧。他这才回过头来与家里人商量，决定到北平去找他同父异母的二哥——沈达霖。

　　沈达霖是光绪二十年（1894 年）的进士，晚清重臣。

　　沈家，在沈二公子沈达霖没中功名之前，就已经是盐区很有名望的盐商大户。沈老太爷娶了大小婆子五六房。子嗣之间，虽说是老大、老二、老三……那样一溜儿顺下来的，但并非都是一娘所生。

　　好在，沈家重"书香"，兄弟们或读书做官，或经商开拓盐田，都做得风生水起，相处得也还算融洽。

沈老六患病那会儿，大清朝已经烟消云散。但沈家老二沈达霖还在紫禁城里做事，为袁世凯登基鼓与呼。这也正是沈达霖一生中最不该犯下的一个错误——他糊里糊涂地跟着袁世凯做了"保皇派"。袁世凯倒台后，他很自然地受到牵连，被列为追逃的罪犯。好在六弟来北平找他那会儿，他还在职，手中掌握着一定的权力。六弟亲眼看到二哥派出黄包车，去同仁堂把头柜大先生请到自家府上来为他把脉瞧病。那场面、那派头，六弟从北平回来以后，炫耀了好长一阵子。

沈家老六说："那个大先生，白白胖胖的，手中提着个紫荆藤子编的、乌黑发亮的小药箱，走道儿左摇右摆，很像只就要丢蛋（下蛋）的大老鹅。"进了二哥家的宅院后，仆人在前头引领着，他连头都不敢抬一抬——不敢张望二哥家庭院里的花草、树木和门厅里那些穿着鲜艳的小丫头（丫鬟）。

说到他那毛病的治疗，沈老六概括为三个字——晒太阳。

同仁堂的大先生用一块白纱布捏住他的舌尖，往外拽着看了又看，然后，又用一根竹管子贴在他胸口上听了听，便给他确诊为痨病，也就是后人所说的肺结核。其实，他在盐区时，"天成"里的先生也是那样认为的。但人家没有直接说给他。那毛病，当时是不治之症。"天成"的先生不想把话说死了，便建议他到外面大地方再去瞧瞧。

结果，就是那毛病。

那毛病，传染人，其唾液有极强的传染性。现如今已不可怕，打几针链霉素，就可以治愈。可在当时，谁患上那毛病，就要隔离居住，慢慢等死。

所以，同仁堂的大先生给他开出的方子是隔离治疗——晒太阳。当然，除了晒太阳，还有其他的药物治疗和注意事项。譬如：饮食要清淡，少吃辛辣，多喝水，禁房事，多呼吸新鲜空气，等等。

沈老六从北平回到盐区以后，家里人依据同仁堂开出的方子，在人迹罕至的盐河口，专门为他建造了一栋便于隔离和晒太阳的小洋楼。

说是小洋楼，其实就是模仿西方某些建筑物，加大了阳台的建筑面积，并充分利用楼顶的空间，做了一个大晒台，摆上桌椅，让他随处都可以晒到充足的太阳。同时，为隔断他的传染源，还在那小洋楼的四周，拉起了一圈高高的围墙，严禁外人踏入。

当然，外人知道他那毛病传染人，也无人敢踏入他那宅院。

盐河里，过往的船只，或是河堤上的行人，远远地看到盐河边的芦苇荡里，掩映着一栋青砖红瓦的小洋楼，看到沈家老六每天在那晒太阳——养肺。便给那小楼起了一个较为贴切的名字——晒肺楼。

"你打哪里捉来那么大条鱼？"

回答："晒肺楼。"

晒肺楼那边有一道望海湾，常有大鱼游到那边寻觅食物。

再者，鱼鹰船上，渔夫一边敲打竹竿，驱赶鱼鹰下水捉鱼，一边划着小船在盐河里行走。走着走着，那小船与鱼鹰都不见了。此时，若有人问："刚才那鱼鹰船呢？"

站在河堤高处的人，便会说："那不是吗，已经划到晒肺楼了。"

好像晒肺楼是盐河边的一个标志呢。

事实也是那样的，外来的船只，一到晒肺楼，总是会说："快到盐区了，前面就是晒肺楼。"而离开盐区的船只，一过晒肺楼，就会说："船过晒肺楼啦，快回船舱里坐好吧！"因为，过了晒肺楼，前面就是茫茫大海。

沈家人在建造晒肺楼时，还在那小楼的旁边，修建了一座拾级而上的小码头。

沈家人出海归来，或是要乘船到盐区以外的某个地方去，都会在晒肺楼那落下脚。

晒肺楼那边，芦苇青青，船帆点点，景致还是很美的。

只可惜，沈家老六患病那几年，正赶上二哥沈达霖败走麦城。沈达霖没到过晒肺楼，但他派人来送过两回同仁堂的药物。

袁世凯倒台后，沈达霖携家人躲至天津租界（外国人的使馆）。不久，他迫于社会舆论的压力，在租界内吞金而死。随后，远在千里之外的沈家被抄，田产及众多家眷，包括门客、奴仆，皆被疏散。

当时，沈老六已经病死在晒肺楼。只因为那楼里留有他的传染源，沈老六死后多年，那楼内一直无人踏入。

中华人民共和国成立后，当地政府疏通河道，扩建盐河码头，涉及那栋荒草高过门槛的晒肺楼。拆除时，人们在地基下，意外地挖出了九罐"大黄鱼"（金条）。

此时，人们恍然大悟！沈家当初建造晒肺楼是个幌子，藏金，才是他们家的真实意图。再细看那些"大黄鱼"上都有的编号，略懂"黄货"的人便猜测，那可能是沈达霖趁乱世，从紫禁城里盗运出来的。由此，可以想到，沈达霖在大清风雨飘摇时，就开始谋划自己的后路了。

老 四

小明子家要去新疆了。

小村里人，很快都知道了。人们在街口老四的理发铺子里瞎打牙（说闲话），说新疆那地方特别冷，内地人去了，一时半会儿不适应，经常会有人把耳朵给冻掉了，自己还不知道呢。还有人说新疆风沙大，一年四季都在"呼呼呼"地刮大风。其间，也有对新疆了解一些的人，说新疆那地方日照好，哈密瓜甜，向日葵很多，大豆秧子、棉花朵儿，都堆在马路边上没有人捡。

正在那"咯吱咯吱"给人推头发的老四，笑呵呵地插话，说："那样大的风沙，棉花朵儿都堆在马路边上。那棉花还怎么做成被套，怎么做成棉衣棉裤穿在身上呢？"

问得大伙儿都不知道该怎样回答。

老四，小名四狗子。如今，三十几岁了，谁还好再叫他四狗子，即便是他的长辈，也都顺着他们兄弟的排行，叫他老四。背地里，有人叫他罗锅，或是罗锅老四。

因为，他脊背上拱起一块肉坨坨，如同一口小锅似的，紧扣在他的后背上，衣衫都顶出老高一块呢。他的腰杆儿向来是站不直的。而他那弓腰弯背的样子，与他给人剃头的姿势反倒是正相宜呢。

"咯吱咯吱"。

老四每天都是那样弓着腰儿，给人家剃头发。

老四没有媳妇。用他自己的话说："光棍一个！"

但老四为求生计（自己养活自己），在父母留给他的两间老屋的后墙上开了一个小门，正对着街口，打理出一间理发铺子，见天聚集着一帮乡闲汉子，在他那里玩耍。此番，大伙议论新疆那边的事情时，他半天插上一句：

"你们把新疆说得那么不好，明子的三姑怎么还写信来，让他们一家子都去呢？"

小明子的三姑夫在新疆生产建设兵团。

前年，准确地说是一九六一年的春天。那段岁月，盐区这边，家家户户吃饭穿衣都很困难。小明子的三姑夫从新疆那边穿着一身黄军装回来，把三姑他们一家子都带到新疆去了。随后，小明子的三姑就写信来，让小明子一家也到那边去。

小明子的三姑在信里说，新疆那边的田地多，随便开垦一块土地，所打下的粮食，就够全家人吃的。

明子爸接信后，与明子妈合计了好几个夜晚。最后，他们夫妻二人拿出一个主意，先让明子爸到新疆那边去看看。若真是像他三姑信上所说的那样，他们娘俩随后再赶过去也不迟。当然，那边的情况若不是太好，或者说与盐区这边差不多，也就没有必要全家都迁到那么远的地方去了。

还好，明子爸到新疆不久，便写信来，说那边吃的住的都不成问题，让明子妈尽快带上明子赶过去。并嘱咐明子妈，临走时，把家里零零碎碎的一些物件儿都处理掉。

很显然，明子爸是相中了新疆那个地方。

明子妈先是把圈里的猪卖了，猪圈旁边两棵对扠粗的杨树，打价（便宜价）给了本村的一个木匠。家中的铁锨呀、锄头呀，还有饭桌前的几条小板凳，送给了本家的一个堂侄。唯独一条长板凳，给了剃头的老四。

老四与明子爸是没出五服的兄弟。

在这之前，也就是明子爸去了新疆以后，家里面好多出力气的活儿，都是本家的叔叔、伯伯们帮助做的。像罗锅老四，他虽然没有力气明子家里做体力活，但小明子的头发都是他给剃的。此番，他们举家要去新疆了，明子妈想到往日里小明子剃头时，老四都没有要钱，便把那条长板凳送给了他。

在明子妈看来，老四那理发铺子里，常有人站在那儿等待理发，送条长板凳给他，让等候理发的人，坐在那儿说些闲话，也好留住客。

家这边的邻居，得知明子妈要走了，都过来与明子妈道别。婶子、大娘们扯过明子妈细白的手，塞几个煮熟了的鸡蛋，或是端半瓢咸鱼干过来，让她带在路上裹煎饼吃。几个与明子妈耍得好的妯娌，还撩起衣襟，与明子妈在小里间里一同抹了泪水呢。

剃头的老四，看明子妈送给他一条长板凳，联想到人们谈论到新疆那边的风沙，于当天午后，跑到西庄供销社买来一条绿围巾，想送给明子妈。可他几次从明子家门口走过，看到院子里有人，都没好进去。

老四担心，他一个光棍汉，猛然间送一条围巾给明子妈，让外人看到了，会说闲话的。

所以，老四揣上那条被他胸口焐热了的绿围巾，在明子家门外转来转去，一直想等个没有外人的时机递给明子妈。可明子家里总是人来人往地不断。后来，天黑了，明子家里好像没有什么人了。他再去送那围巾时，明子家的大门却闩上了。

老四想敲门。可想到当晚明子的小姨就住在他们家里，万一开门的不是明子妈，而是明子的小姨，他又该怎么说呢？思来想去，他用那围巾裹着一个物件，从门缝里给塞进院里了。

在老四看来，只要明子妈看到那围巾以及围巾里面的物件，她一定会想到是他老四送的。

可当夜，老四回去以后，自个儿躺到床上，却怎么也睡不着，他在那胡思乱想：万一第二天明子妈早起赶路，院子里还黑乎乎的，她看不到地上的围巾怎么办？再者，夜里刮大风，或是下大雨，是不是会把那围巾给刮到墙角旮旯里去呢？想着想着，老四就在床上翻来覆去地"打饼子"。

好在那一夜，没有刮风，也没有落雨。

尽管是那样，次日清晨，老四还是起了个大早，跑到村东的菜园地里，假装捉拿菜叶上的小虫子，远远地看到明子妈，头上顶着他那条很是显眼的绿围巾，在人们的护送下，一闪一闪地奔东公路上乘车去了。

那一刻，老四的心里蜜一样甜。

后来，也就是明子妈去了新疆以后，老四一直认为她会写一封信来。可明子妈始终没有写信来。

老四呢，刚开始与小村里人一样，关注着明子他们一家在新疆那边的情况。后来，时间久了，小村里来找他理发的人，也都很少再提明子家的事情了，老四慢慢也就淡忘了那回事儿。

老四每天守着他那个小铺子，等人来找他理发。

时而，他背上的病痛加重了，他也会关上理发铺的小柴门，到公社卫生院去拿一些药片来吃。

老四对自己的生活要求不高，每天能来几个剃头的，让他手头有钱买药，有钱吃上半斤热豆腐，他就满足了。当然，他还企望脊背上的病痛，少折磨他几回，让他多活几年，最好能看到明子他们一家从新疆回来探亲啥的。遗憾的是，上帝没有满足他的愿望，时隔不久，他的病情愈来愈重了。

老四临终时，兄弟们估算他手中该有两块银圆的。因为，父母离世前，曾把他们兄弟几个叫到跟前，每人给了两块"袁大头"。那可是遗物，不到万不得已，谁都不会动用它的。可老四在咽气的那一刻，手中只有一块，给了大哥家帮他摔"老盆"的二侄子。而另一块，没有人知道他给了谁。

这就是说，老四至死，心中还藏有秘密，那就是明子妈帮他扶弄过一回腰身，让他做过一次真正的男人，他把那块银圆当作信物，给明子妈带去了新疆。

灯 笼

刘黑七要夜袭汪家庄。

这个消息，汪大贵头半晌就知道了。但他压在心里，对谁都没有说。

那个时候，刘黑七那伙人是苏北、鲁东南一带最大的一伙土匪，也是最凶残的一伙土匪。

汪大贵通匪。他想借用匪道上的关系，尽可能地保全他们汪家庄。

民国中后期，各地土匪四起。苏鲁交界的绣针河两岸，经常是江苏这边的土匪窜至山东那边打家劫舍，而山东那边的土匪，又跑到苏北盐区这边来杀杀打打。其间，好多土匪都隐入民间，他们白天下海捕鱼或是田间劳作，晚间如同到外村去看大戏一样，几个人临时团在一起，窜至周边村庄，假借刘黑七的恶名，去祸害百姓。像汪大贵那样腰间别着"盒子"的，就算是公开化的匪徒了。

但汪大贵从不糟蹋他们汪家庄的村民。

汪大贵祖上那一辈闯过胶州。估计就是在山东日照、岚山头那一带谋生。因为，日照、岚山头那边的土匪与他多有交往。后期，汪大贵他们一家在胶州那边安顿下来，前后生活了有二十九年。赶到汪老爷子去世以后，一家人送老人回盐区安葬，汪大贵相中了盐区这地方（也有人说他为了躲避胶州那边土匪的纠缠），又携家带口地返回原籍。

怎么说，盐区这边是他们汪家的根。

汪家的族人们接纳了汪大贵一家。但最初的时候，汪氏宗亲们并不知道汪大贵通匪。他们帮着汪大贵在汪家巷口，搭建了三间茅草屋。而那个巷子里面，都是他们汪姓的人家。这就是说，汪氏宗族把汪大贵一家，当作他们自家的亲人看待呢。

后来，也就是汪大贵在盐区安家以后，隔三岔五，常有一些不三不四的人上门来找他（找他入伙干坏事），再加上那时间周边几个村子经常遭遇匪患，人们就怀疑他汪大贵通匪。尤其是后期，汪大贵露出了他腰间的"盒子"，更加证实了他汪大贵来路不凡呢。

但汪大贵不招惹村上的人。小村里人也不去招惹他。与汪大贵同一时期为匪的兄弟，知道汪大贵居住在汪家庄，也都避开他那边，不去骚扰他们汪家庄上的人家。

可这一回，不知为什么，刘黑七那伙歹徒，偏偏指名要夜袭汪家庄。

汪大贵得到确切消息后，就想阻止这件事情发生。他找到前期与他一起为匪的一个兄弟，塞了点银子给他，让对方帮忙到刘黑七门下去求情。可那个兄弟在刘黑七手下人微言轻，没能把事态摆平，倒是给汪大贵带来一盏鸭绒黄的马牙灯笼，叮嘱汪大贵，近日晚间，务必在家门口挂上它。

那是一盏土匪们专用的黄灯笼，盘口样粗，上下灯台与灯罩，可以叠加成一对碗盘相摞的形状，便于携带，展开来便是一盏黄布灯笼。晚间燃上它，打家劫舍的匪寇，便可以绕开行事。

也就是说，土匪们进村以后，遇到那样的门户，就知道是自己人，便不上门糟蹋那户人家了。

汪大贵得到这个暗示后，心想，他保全不了全村，能保全住他们全家，或者是能保全住他们汪氏家人们的安全也行呀！

于是，当日午后，他从朋友那儿得到那盏鸭绒黄的灯笼以后，就想早点回家，赶在天黑之前，把它挂到他们汪氏家族的小巷口，让前来打家劫舍的匪徒们，见灯止步。

可他没有想到，当天下午，他汪大贵腋下夹着那盏灯笼往回走时，路过镇上一家餐馆门前，遇到了几个同是暗中为匪的兄弟，硬要扯上他到餐馆里去饮酒。

那日，镇上逢集。

午后，正是集散人去的时光。汪大贵想留在镇上陪那几个兄弟喝酒，又想把那盏黄灯笼尽快挂到自家的小巷口。

可巧，就在他左右为难时，本家一个堂兄汪裕福，挑着两只卖尽萝卜的空箩筐打那家餐馆门前经过。

汪大贵远远地喊住他："裕福哥，裕福哥！你等一下。"

汪大贵本身也是"裕"字辈，他本名应该叫汪裕贵。只因为他小名叫大贵，长大以后，就一直那样大贵、大贵地叫下来了。

本家那堂兄年长大贵两岁，平时无须称兄道弟。

他喊他"大贵"。

大贵喊那堂兄"裕福，裕福"就可以了。

可今天，大贵远远地喊他"裕福哥"，堂兄汪裕福就猜到眼前这个与匪有染的堂弟，一定是有什么事情呢。

果然，当汪大贵把那盏黄灯笼交给他，让他回村以后，务必挂到他们汪氏巷口的树枝上时，堂兄汪裕福立马警觉起来——他似乎意识到土匪就要进村了。

可接下来，也就是汪大贵把那盏黄灯笼的用途向堂兄汪裕福说明以后，汪裕福马上把那盏黄灯笼视为护身符。他连连点头，答应回家以后，立刻就在巷口那儿挂上它。

在汪大贵看来，只要把那盏黄灯笼挂到他们汪氏巷的巷口，就等于挂到他汪大贵的家门上一样。他们家就住在巷口把头的那儿。那样的话，巷子里面的人家会不会得到保护，他没有保证，但他汪大贵一家，肯定是没有问题了。所以，汪大贵把那盏黄灯笼交给他的堂兄以后，他就放心喝酒去了。

而那位堂兄呢，他拿着那盏黄灯笼回去以后，感觉挂在巷口那儿，堂弟汪大贵一家是得到保护了。那么，巷子里面的汪姓人家呢？尤其是他汪裕福自己家呢？

在汪裕福看来，堂弟汪大贵通匪，他们家自然会受到土匪们的保护，无须把那盏灯笼挂到他汪大贵的家门口。

所以，当日晚间，堂兄汪裕福扯挂灯笼的时候，就把那盏鸭绒黄的马牙灯笼挂到小巷里面了。准确地说，是挂到他汪裕福自家门口那儿了。

在汪裕福看来，那盏黄灯笼，挂在他汪裕福的家门口，最起码是可以保住他们家不受土匪侵害呢。

果然，当天晚上，土匪们进村以后，见牛羊就抢，翻出各家的粮食、衣物就给背走，临出村子时，为毁灭罪证，干脆再给点上一把火。

在镇上喝酒的汪大贵，想到当晚他们村上可能会有事情，酒局尚未完全结束，他便提前一步回来了。

村头，醉眼蒙眬的汪大贵，看到小村里不少人家的房屋都被匪徒给燃起了大火。原认为他们家门前有那盏黄灯笼做保护，不会受到什么侵害。

殊不知，当他走到自家巷口那儿时，看到他家的房子也在烈火中燃烧呢！再看他堂哥汪裕福家，门前那盏鸭绒黄的灯笼，正在微风中摇呀，摇呢。

刹那间，汪大贵的气不打一处来。或者说刹那间他汪大贵的匪性上来了。他二话没说，摸起他家房屋中已经烧塌了的一节火棒棒，如同到他堂兄汪裕福家传递火炬、呈送喜报一样，大踏步地将那根燃烧着的火棒，直接插进他家的草房子上。瞬间，堂兄汪裕福家的草房子也燃起了大火。

而那一刻，正躲在远处一棵大树后面的汪裕福，眼睁睁地看着堂弟持火把点燃了他家的房子，他竟然没敢出来拦挡。

因为，此时的汪大贵手中，正握着一把亮铮铮的歪把"盒子"。

戏 匣

张康能从县上捧回一台会唱歌、会讲话的戏匣子，也是经过层层举荐和筛选的。先是村子里的坊长（保长）把张康的名单报到乡里。乡里认可以后，又把他推举到县上。县上组织多方面的人士对他进行评估与论证，感觉张康的条件还可以，这才把那台戏匣子当作奖品奖赏给他。

张康在县上登台领取那台戏匣子时，场面应该是很壮观的。他本人也应该感到很荣耀。但那场面村上人没有看到。村上人只看到张康从县上回来时，前胸后背斜挎着一条巴掌宽的红飘带，胸口那儿还坠挂着一朵碗口大的大红花。坊长组织起村上人敲锣板在村头迎接他，张康走到人群中散烟卷。

那场面，同样也是很光鲜的。

接下来，村上人都很好奇地想听到那台戏匣子里唱歌、说话的声音。可张康家的门台高，并非什么人都可以随便迈进的。县上、乡里来的干部可以，村里的治保长、坊长也可以。还有盐区几家大户人家的老爷、太太、姨太、二当家的（管家），他们也都很受张康家欢迎。再者，就是本地教书的贾先生，他同样也是张康家的座上宾。

不过，贾先生那人有些格色，他是清朝的秀才，很少与外界交往，整日在家闭门教授几个学童。偶尔，乡邻们有事找到他，他会像个判官一样，把事情这样那样地问明白了。

然后，再告诉你这样办，或那样办。但是，贾先生那人懒得求人——他不会为五斗米而折腰。譬如张康从县上捧回的那台戏匣子，贾先生应该是早就知道的。但他跟不知道那回事一样。直到张康请到他门上，跟他说了那个洋玩意儿如何会唱歌、会讲话，他这才很是惊讶的样子，说："呀！那是个什么洋货？等我抽空，到贵府去瞧瞧。"

当时，盐区这边的香烟、火柴、煤油，包括布匹，都属于"洋货"，市面上统称为：洋烟、洋火、洋油、洋布等等。以至于，几十年过去了，仍然还有人把香烟叫洋烟、火柴叫洋火呢。

那么，张康从县上抱回来的那台戏匣子，用当今的电子器物来推测，它应该是一台收音机。每天只在规定的时间段（晚间），才可以听到它里面的声响。这就是说，当时的广播电台，并非全天都在对外广播。

张康呢，他把那台戏匣子当作宝贝一样，摆在自家正厅的条案上，并请来县上的专业人士，在院子里架起一根高过房顶的天线，装上了两个牛蛋样大的干电池，这才把那戏匣子里的声音调当出来。

最初，被张康请到家中来听戏的人，都是盐区的头面人物。他们接到张康的请帖以后，如同到张康家去赴酒宴一样，提上四色礼盒，且礼帽、长衫地穿戴整齐，各家太太、姨太们脸上也都施了胭脂、扑了香粉。等张康请到贾先生时，那应该是大伙儿在听戏时遇到什么难以破解的问题了。

因为，张康来请贾先生时，说："戏匣子里面有好些话语，大伙儿都听不明白。"言下之意，贾先生读书多，学问深，请贾先生过去给破解一下。

贾先生嘴上说："好！"

可他心里面并没有拿那个戏匣子当回事儿。在贾先生看来，什么戏匣子？无非就是一台留声机。早年，贾先生在县上做参事时，见过那玩意儿，放上唱片，就可以听戏。贾先生甚至想到，张康家可能把不同戏种的唱片放在上面了，譬如越剧、沪剧、苏州评弹，那种江南人卷起舌尖儿说唱的地方戏，盐区这边的人，确实是听不习惯。

可贾先生没有料到，张康从县上抱来的那台戏匣子，并非他想象中的留声机。而是一台比留声机更加先进的洋玩意儿，不用唱片，就能听到里面唱戏、讲话的声音。

贾先生头一晚来听那戏匣子时，他几乎是一句话没讲。当时，张康还把贾先生的几位在乡里做事的高徒也一同请来陪贾先生。同时被张康邀请来的还有村上的坊长和盐区的吴家、沈家、谢家、杨家几位老爷和他们的太太、姨太。

那天晚上，张康把戏匣子一打开，里面确实是"咿咿呀呀"地唱了起来。随后，便是一个女人娇里娇气的讲话声。那或许就是张康听不明白，或是大伙儿犯疑惑的原因——大家猜不透那里面怎么还会有一个女人同大伙儿拉呱（谈心）呢。

但贾先生听出了门道，那戏匣子里面半生不熟的中国话，应该是一个日本女人讲的。也就是说，张康家的那台戏匣子，是盐区沦陷以后，日军使用的舆论宣传工具。

那个晚上，贾先生如同小学生一样，端坐在张康家的客厅里静静地听，临到散场时，大伙儿想听听他的高见，贾先生却一句话没有多讲，起身向大伙儿打了个拱手，便告辞了。

第二天晚上，贾先生又来听那戏匣子时，其间到院子里抽了两袋烟。回来后，仍然是一句话没讲地坐了坐就回去了。到了第三天晚上，贾先生听到戏匣子里面又开始讲话时，他立马喊住张康，说："慢着，慢着！你把那女人说话的声音再给我重放一遍。"贾先生好像要研究一下刚才那女人在戏匣子里面讲了什么，他让张康旋动那个旋钮，把刚才那个女人讲话的声音重播一遍。

张康愣住了！他想不明白，那是人家戏匣子里面传出来的声音，他张康能有什么办法让那女人再讲一遍呢。

贾先生却俨然一副见多识广的样子，他教给张康说："你这样，把那旋钮往回拧一拧，那女人刚才讲话的声音，自然就会出来啦！"

贾先生还跟张康说，留声机就是那样的，听过的戏曲，要想再听一遍，把唱盘上的支架重新调回原来的位置上就可以了。敢情这戏匣子也是可以那样的。他让张康试着旋动那旋钮试试。

张康呢，他按照贾先生教给他的办法，转动那个旋钮，戏匣子里面随之传出"滋滋啦啦"的一阵乱响，并没有找回刚才那个女人讲话的声音。

贾先生为张康着急，他甚至认为张康转动旋钮时不够得力，遂起身走到那戏匣的跟前，捏住那个旋钮，用力一拧，只听"咔叽"一声脆响——旋钮断了，里面"滋滋啦啦"的声响也随之没了。

刹那间，在场的人都为贾先生的举动而尴尬。

贾先生可能也意识到那戏匣子被他拧坏了，一时间，他很是专注地伏在那戏匣子上左右摆弄，仍然听不到里面有声响。其间，陆续有人起身到院子里去说话、抽烟、望星星，还有人感觉时候不早了，干脆与张康的家人打了声招呼便提前退场了。

那个夜晚，贾先生是最后一个走出张康家的，他可能留在后面与张康说了些歉意的话。但贾先生的那几个门生，一直都在院门外候着他。

末了，也就是贾先生从张康家出来时，大伙儿也都不好问他有关那戏匣子的事，一个个默默地跟在他的身后，"踢踏踢踏"的脚步声，响彻寂静的街巷。忽而，贾先生抬高了嗓音，恶狠狠地骂了一句：

"混账东西！"

贾先生那话，不知是骂张康的，还是骂日本人的。但有一点，大伙儿心里是明白的——当晚贾先生拧坏那台戏匣子，是他故意的。

补 篓

大成子把一根竹筷子削成扁平的鸭嘴状，顺着鱼篓破洞的边口，捅进竹篾的"眼"里去，撑开空隙后，再抽出"鸭嘴"，快速地将事先浸泡好的竹篾子插进去，随之上下左右编织出与鱼篓子一样的花纹，就将一个原本破裂了的鱼篓子修补好了。

只是，修补鱼篓时，要看好竹篾子的走向。鱼篓的花纹有横向的、纵向的，还有斜向的。修补鱼篓时，要顺应鱼篓子原来的花纹，如同编席子一样，横向压住纵向的竹篾；反过来，再将纵向的竹篾子压到横向上，来来回回地绕来绕去，且不能绕乱了花纹。否则，要拆掉重来的。再者，捅"鸭嘴"，即撑"竹眼"时，要格外小心，稍不留神，削尖了的"鸭嘴"，捅到手上，还怪疼的！

"大成子——"

院门外，小爷在栅栏口那儿喊呼大成子。

大成子一分神儿，哟，那"鸭嘴"儿，还真就捅到手上了，好像还出血了。大成子下意识地用大拇指挤压住伤口，不让它往外冒血。

小爷呢，走进小院就说："你补鱼篓子哪？"

大成子叫一声小爷，说："闲着没事。"在大成子看来，闲着没事时，就应该修补鱼篓子，或是补织破了的渔网子。

小爷说："补什么补，你到后街去拿一个呗。"

小爷说的后街，是指后街汪家竹器铺子。

大成子说："补补还能用。"言下之意，扔掉怪可惜的。到后街汪家铺子里去拿个新的，好是好，可那是要花钱的。

小爷知道大成子懒哈哈的，日子过得紧巴，便说："你多往盐河边跑两趟，不就什么都有了。"小爷那话里意思是说，你个大成子，若是勤快一点，平日里多往盐河里去捞些鱼虾卖掉，想买什么样的鱼篓子买不来。非得坐在那儿，跟个女人纳鞋面似的修补什么鱼篓子。

大成子知道小爷向来没有好话说他，便不再吱声。其间，他刚要续补他的鱼篓子，想到手上有伤，这会儿松开，没准还会冒血呢。于是，他便紧捏住那伤口没动。

大成子所喊的小爷，是他小叔，父亲的弟弟。

盐区这边，做侄子的，对父亲那一辈兄弟们的称呼有点乱，比父亲年纪大的，理应叫大伯、二伯。可这边叫大爷、二爷。乍一听，好像是爷爷那一辈人似的。其实不是，他们与父亲是同辈人，只是年岁比父亲大。对他们的称呼，同爷爷那一辈人相比，只少了一个"爷"字。譬如大爷爷、二爷爷，那是爷爷那一辈人的兄弟。问题是，比父亲年纪小的兄弟，做侄子的应该叫叔是吧？不！盐区南部这边叫爷。尤其是父亲最小的一个弟弟，直呼小爷。

"小爷，你坐。"

大成子捏住手上的伤口，用眼睛示意小爷，石磨边有一段枯木桩可以坐。

小爷没有坐。

小爷急着要跟大成子说一件事情：

"西盐河那边的赵家……"

后面的话，小爷还没有说仔细，大成子就已经猜到了——小爷想把赵旺家那个怀上孩子的使唤丫头领来给他做媳妇。

这几天，小街上人都在疯传！都说赵旺个老东西不着调，把他家一个小丫头的肚子给整大了，也可能是他家长工给弄大的。反正那小女子的名声已经很不好了。

大成子不感兴趣。或者说，大成子不想娶个带犊子的女人。大成子觉得他好端端的一个大老爷们，要娶就娶个干干净净的黄花大闺女。给他人养儿育女，那算什么事！况且，那女人是被赵旺那糟老头子或是长工给睡过的。而今，被赵家驱逐出门，怪丢人呢。

小爷说："你领来家，就是你的女人。"

大成子支吾了一句，说："那女人……"言下之意，那女人肚子里正怀着别人的孩子。

小爷说："那怕什么，那孩子生下来，你就当自己的孩子养着。长大了，就跟自己的孩子一样。"

小爷说："那女人过了门，过个年把，你们就会有自己的孩子啦！"小爷说这话的时候，脸上流露出很得意的神情。

大成子不吭声。

小爷知道大成子心里硌硬得慌，便开导大成子说："俺得看看自己的条件。"

小爷那意思是说，你个大成子，父母亲都死了几年了，你还住在祖上留下来的两间破茅屋里，有个女人愿意跟着你裹被焐脚，就算是不错了，你还挑什么挑。

可大成子不那样想。大成子觉得，他若是领回那个女人，就等于自个儿给自个儿戴上了一顶绿帽子，这一辈子都抬不起头来。

所以，小爷跟他唠叨了半天，大成子一句话也没听到心里去。

回头，小爷要离去时，叮嘱大成子："你把屋里屋外，赶快拾掇拾掇。"好像，大成子这桩婚事，就他小爷说了算。

殊不知，小爷前脚刚走，大成子鱼篓子补了一半便扔下了，慌忙在栅栏门上插上锁，佯装很勤快似的，到盐河边打鱼去了。

接下来，小爷想为大成子撮合的那桩婚姻，自然就黄了。

但是，那女人还是有人要——后街竹器铺里汪九家的将那女人领回去，撮合给她娘家一个瘸腿的老哥哥了。

那瘸子原本就在汪家竹器行里打下手，平日里做些劈竹筒、泡竹片、剖竹篾的活计。可自打他娶了那个女人，那小女子很快学会了竹器编织。并在汪九的资助下，夫妻俩另辟了一处小店，专卖盐区渔民所需的鱼篓、竹筐子。

刚开始，大成子懒得去见那个女人。

后来，都说那女人与她的瘸腿男人所卖的竹器便宜，大成子也去买过两回鱼篓、竹筐子。其间，递钱、拿竹筐的空当，大成子似乎觉得那女人的腰身呀、皮肤呀、脸膛子呀，还怪耐看呢。其中有一回，那女人给大成子找回零钱时，不经意间，她那小鸟蛋壳一样的指尖儿，触碰到大成子的手腕上，大成子觉得还怪痒痒呢。

喊　呼

黄昏降临时，院子里的鸡们是最先感觉到的。它们先前是在街口或是在当院里的猪圈旁、草垛边刨坑，寻觅草籽和小虫子吃，等到夕阳从树梢上、房檐间降落下来时，它们便缩头伸脑地围到它们夜宿的鸡舍边转了。

那个时候，尚未填饱肚子的鸡们，便会"咕咕咕"地叫呢，似乎是在告诉它的主人，它们还想再吃点稻谷或是主人舍不得赏给它们的玉米粒儿。要么，就是暗示主人，它们口渴了，想讨一点水喝下后，再去夜宿。

鸭子们则不是小鸡那样扭扭捏捏、羞羞答答的模样，它们从附近水塘里左摇右摆地登上岸来，一线儿拉开（排着队），进到主人家的院落后，立马就会"嘎——嘎——嘎——"地叫呢。好像是在大声告诉它的主人，我们回来啦！家中有好吃的没有？快拿出来给我们吃了好给你们下蛋。否则，咱们就要入圈睡觉啦。

小布妈妈每天都是踩着鸡鸭入圈的那个时辰，挑着她忙乎了大半天的凉粉、豆腐筐子，高一声、低一声地在小街上喊呼：

"大豌豆粉哩——"

"热豆腐——"

那声音，是小村里一天中最清亮、最甜美，也是最诱人的腔调了。尽管小布妈妈把"热豆腐"喊成了"热豆否——"但小村里人，一听到她那清亮亮的喊呼声，立刻就能想到那个头上顶着花头巾，脸颊上发丝上还挂有一点雾蒙蒙水蒸气的小媳妇，挑着她的凉粉、豆腐担子，"吱扭吱扭"地走过来了。甚至还会想到，她箩筐中白崭崭的热豆腐，被一袭白笼布包裹着，倘若你要割她的热豆腐，她会笑盈盈地落下担子，掀开笼布一角，那豆腐的表面，如同退去潮汐的海滩，留有一道一道深浅不一的笼布"脉络"压痕，升腾着一股一股带有豆香味的热气呢。

馋嘴的孩子，一听到小布妈妈那甜脆的喊呼声，瞬间就会情不自禁地去扯妈妈的衣袂，嘴上虽不明说要去割豆腐、买凉粉，可小孩子的心里就是那样想的。那样的时刻，再粗心的妈妈，也能猜到孩子们的小心思。如果，那个妈妈装作不懂孩子们的肢体语言，她一定是手头拮据，不能去割小布妈妈的热豆腐，或是大豌豆粉呢。

而好酒的男人，或是晚间正要待客的人家，一听到小布妈妈那喊呼声，立马就会拉开院门，远远地喊一声：

"凉粉——"

或是："热豆腐（否）——"

乍一听，那喊声是帮着小布妈妈喊呼卖凉粉、热豆腐呢。其实，那是在喊住小布妈妈，或是招呼已经走远了的小布妈妈，让她把凉粉、豆腐担子再挑回来。

回头，也就是你报出要割多少凉粉，或是要买她多少热豆腐时，别担心小布妈妈天黑看不准秤星儿。小布妈妈的手就是秤。她在黑暗中割下一块热豆腐，往秤上比量一下，待你拿回家在灯影里去复秤时，保准还会多出你要买的斤两呢。

用小布妈妈的话说："我卖豆腐、凉粉，可不是一天两天了。"言下之意，她整天挑着担子卖凉粉、豆腐，哪能去做对不起乡邻的事——短斤少两。

当然，那期间，若赶上街口哪户人家正掌灯吃饭，她也会把肩上的担子挑到那边灯影里去借光。更有仔细的人家，前来买豆腐、凉粉时，是打着手电，或是自个儿手中握着盒火柴呢（帮助小布妈妈照秤星儿）。还有人更为干脆，敞开房门，把小布妈妈的豆腐挑子喊呼到自家屋里去呢。

再晚一些时候，也就是小布妈妈挑着担子在街上转过一圈，又回到她自个儿家中时，左右街坊们，便会端着半碗黄豆或是捧着碗盘，上门来换豆腐、割凉粉。

小布家就住在东大沟沿上，院门朝西，守着一汪碧绿的水塘。他们家有院子但无院门。

晚间，人们上门来买凉粉、割豆腐时，经常会惊扰到邻居家跑来寻食吃的狗。

但那样的时候，邻居家跑来的狗是不叫的。它们自知这个家不是它主人的家，如同做贼一样，看到有外人进了院子，它们就跐溜一下，跑出小布家的院子。吓得上门来买豆腐、凉粉的大人或小孩子，连连跺脚，惊呼："狗呀，狗！"

那时刻，小布妈妈若是看到眼前来割豆腐的是个孩子，她会帮助喊呼："狗呀，狗！"给孩子壮壮胆儿。

小布妈妈的凉粉、豆腐，算得上是小村里的一道风景。

以至于，人们提到凉粉、豆腐，就会想到小布妈妈那俊模样。小村里的人，无形中还把小布妈妈的凉粉、豆腐，当作一个地标性的物件呢。

"看到那卖小鸡的没有？"

回答："卖凉粉家那儿。"

这是春天，外乡来个卖小鸡的。他不像小布妈妈那样喊一嗓子"凉粉、豆腐"后，还会在人家巷口那儿再小站一会儿。那个卖小鸡的外乡人，挑着一对扁圆的大箩筐，好像那箩筐压在他肩膀上很重似的，往往是小街口喊一声："小鸡噢——卖小鸡！"遂转身，挑着箩筐奔东大沟那边去了。

随后，他若是在东大沟那边落下箩筐，等村里人来抓小鸡（买小鸡），人们不说他在东大沟那边卖小鸡，偏说他在卖凉粉家那边。

事实上，那个卖小鸡的外乡男人，在小布家那边卖小鸡的时候比较多呢。因为，他肚子饿了以后，也要去买小布妈妈的热豆腐、大豌豆粉吃呢。

再者，就是外乡来小村里唱戏的、收鸭毛的、弹棉花的，也会在小布家那边多一些停留。

小布妈妈有时还会在当院的石桌上摆上碗筷，让那些外乡人坐到她家院子里去吃凉粉、热豆腐。

可小布妈妈并不知道她那样做，不知不觉间坏了她自个儿的名声。有人说她把外面的男人引到家里，有过留宿的事。还有人具体到那个卖小鸡的男人，说他每年都会赊给小布妈妈十几只小鸡，不要她的钱。

谁知道那事情是真是假。反正小布爸爸每年正月十五一过，就和村里的一帮男人闯青岛去了。家里面的事情他都不知道。直到有一年，那个卖小鸡的男人，晚间从小布家里出来时，被人在黑暗中"开"了一砖头。小村里这才炸了锅一样，说小布妈妈招引男人们"争窝子"。

争窝子，是说一个女人，招来多个男人，而那些男人便会为那女人而相互打斗。

小布妈妈是不是那样的女人？人们没有看到，不好瞎说。但是，那个外乡来卖小鸡的男人，确实是被人暗中"开"了砖头，他头上的血都流到衣领上了。

传言四起以后，小布爸爸就从青岛回来了。家族里有人写信给他了。

小布爸爸从青岛回来以后，没有像人们想象的那样，去追打那个卖小鸡的外乡男人，或是揪住小布妈妈的头发满大街地转圈圈，而是不声不响地请了家族里的长辈和兄弟们喝了场酒，便领上小布和小布妈妈一同去了青岛。

此后，小村里的人就再也听不到小布妈妈那"大豌豆粉！热豆腐（否）"的喊呼声了。

刚开始，吃惯了小布妈妈大豌豆粉、热豆腐的村民，还有些失落，不习惯呢。他们打听：

"小布妈妈是不是真去了青岛？"

"她还能不能回来？"

后来，日子久了，小村里人慢慢也就断了那样的念想。

可当年腊月，小村里的人听闯青岛的人回来说，小布妈妈在青岛那边又做起了凉粉、豆腐生意。只是她在青岛那边卖凉粉、豆腐时，不用挑着担子满街喊呼了。他们家在青岛租了间临街的门面房。傍黑时，好多人都排着长队，挤到他们家的橱窗口那儿去买热豆腐。

村里人想象不出小布妈妈在青岛那边是怎样站在橱窗口卖热豆腐的。他们只记得小布妈妈在小村里挑着箩筐卖热豆腐时，谁若冲她喊呼一声"凉粉"或是"热豆腐"时，她那好看的眉眼儿，瞬间便会冲着你笑开了。

船 灯

　　县党部那个打着裹腿子来送"请柬"的兵，真是渴了。贾先生让他坐下来，喝一杯茶水再走，他也没有客气，端起一杯茶水，感觉不冷不热，便一仰脖子，喉结那儿上下滑动两下，一口气儿便喝下肚，扬了扬手中的信札，跟贾先生示意，他还要赶路，就不坐了。随手抹了下嘴巴，留给贾先生一个晃动的背影，走了。

　　贾先生看那"信使"前脚刚走，他这边随手就将那张镶着金丝边的大红"请柬"给扔进纸篓里了。

　　贾先生已经很少参与县党部那边的事情了。尤其是王佐良到县上任知事（后改称县长）以后，贾先生懒得与那人打交道。贾先生瞧不上他。

　　贾先生与王佐良是光绪末年的同榜秀才。可贾先生是真秀才，王佐良是假秀才。他那个秀才是他父亲花钱给他买来的。

　　但不久，王佐良就任本县知事。贾先生却因为大清的倒台，返回故乡做起了孩子王。

　　好在王佐良没有忘记贾先生这个真秀才，上任之初，他便亲自登门拜访，并一再邀请贾先生出山，让他担任县党部的"参议员"。

　　乍一听，王佐良赏给贾先生的那个"参议员"，可以参

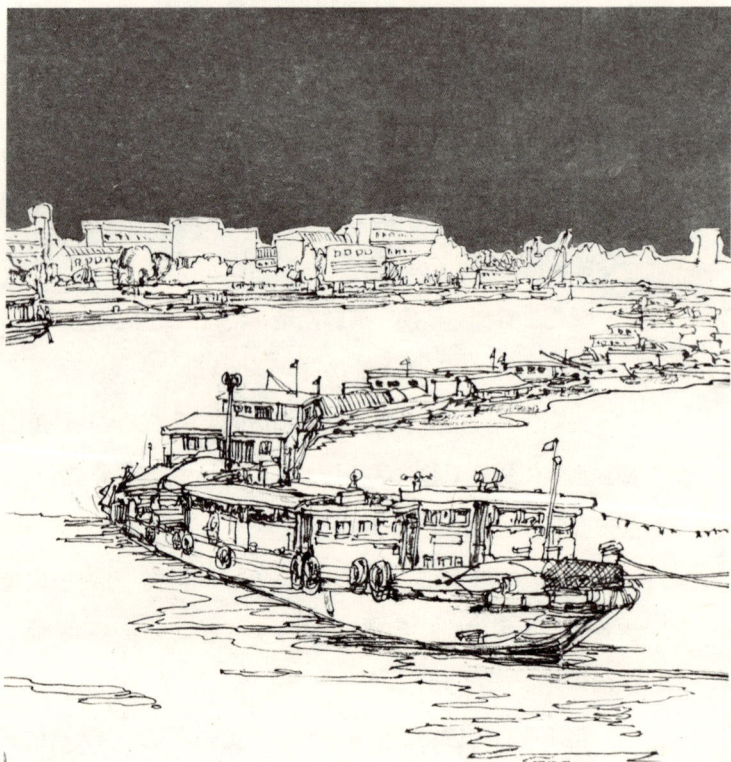

与县上各类事件的讨论与决策了。其实，不是那样的。贾先生那个"参议员"没有多大权力。顶上天，他也就只能参政议政。甚至连当今人大代表、政协委员参政议政的权力都没有。说得直白一点，他就是县党部的一个摆设。

这就是说，王佐良赏给贾先生的那个"官"是虚职。县上大事小事，贾先生说了都不算。或者说，贾先生说了也是白说。贾先生意识到这个问题以后，县上再请他去"议事"，他便以身体不适，或是家中有难以脱身的事情，予以拒绝了。

可县党部那边，偏偏看重贾先生的名望。每当遇到筹粮、集草等民众敏感的议题，总是要把贾先生请到县上去。

在王佐良看来，但凡请到贾先生，表明他尊重知识、尊重文化人呢。当然，这里面也不排除他王佐良利用贾先生的社会声望，抬升他自己的身价儿。在外人看来，他王佐良与贾先生可是同一年的秀才。至于，他那个秀才是怎么得来的，除了贾先生他们少数的几个门生知道，外人只怕是很难懂得内幕。正因为如此，王佐良到本县任职以后，他对贾先生格外敬重。

但贾先生并不领情。

在这个问题上，应该说贾先生过于迂腐了。人家王佐良王大人（本县人称他王二大人，王佐良行二）读书虽然没有你贾先生读得好，可论起做官来，或者说是带兵打仗，你两个贾先生，三个贾先生加到一块儿，只怕都不是人家王佐良的对手。王佐良的父亲曾任江西总兵。这就是说，王佐良是将门之后。他骨子里自有一套用人带兵的套路呢。

所以，王佐良上任之初，就把贾先生的地位给抬得高高的，让贾先生出任本县的"参议员"，隔三岔五地请贾先生到县上吃酒席、议事情，等于给足了贾先生的脸面。而且，本县办错了的事情，也无须你贾先生担当。在王佐良看来，关键时刻，你贾先生给点个头、带头鼓个掌就可以了。譬如上面派下来的官粮、官草以及兵丁数额，要逐一摊派到各乡、各村，甚至要落实到千家万户。这就需要贾先生他们"参议员"们出面来认可。类似于当今政府出台某一项法律法规，要经过人大代表投票表决是一样的。

可王佐良所干的那类有伤于民的事情，贾先生跟着稀里糊涂地鼓过几次掌，便觉得那不是他心中的真实意愿。贾先生意识到自己的那个"参议员"，已经成了县党部，或者说成了他王佐良的一面挡风墙。

之后，县上再有"请柬"送到门上，贾先生便以各种理由，予以推辞。他不想跟着王佐良去搅浑水。

客观一点讲，贾先生居住在乡下，往县上跑一趟，来回三四十里的路程，中间还隔着一条宽阔的盐河，确实也不是太方便。所以，县上那边的事情，他能不去，尽量就不去了。

可这一天，贾先生接到那封"请柬"以后，虽说没等那个送信的兵走远，他就把那"请柬"给扔进纸篓里了，可过了一会儿，也就是贾先生把刚才沏好的那壶茶喝透以后，他又从纸篓里将那"请柬"捡起来，正反面地仔细看了看本次"议事"的内容。贾先生似乎想去县党部看看，或者说，他要到县党部去亮明自己的观点。

原因是，这一回县上要议的话题，是往西山修一条官道，理由是便于山林失火以后，县上好组织人员去及时扑救。

贾先生一眼看穿王佐良的谎言。因为，西山那边出了一位京官，当时正在大总统黎元洪手下当差。前些时候，也就是王佐良到任不久，曾备足了盐区的对虾、海参、黄鱼干，专程进京去拜访过人家。此番，他又要把官道修到那人的家乡去。这分明是伤及百姓，谄媚上司，想从中捞取他个人的政治资本。

贾先生弄明白这个道理以后，便觉得这件事，他不应该再回避了，他要站出来为民众讲话。

所以，他一边捡起那封被他扔进纸篓里的"请柬"，一边问夫人："咱家的那盏船灯呢？"

船灯，也就是马灯。

那种灯，是清军入关以后，带进盐区来的。蛤蟆嘴似的小灯口，四周有个香瓜大小的透明罩儿，雨打不进，风刮不灭，可驰骋在马背上照明，也适合挂在船头引航，官称马灯。可盐区人不叫它马灯，叫船灯。

夫人问他："找船灯干什么？"

夫人没好说，你又不出海打鱼，你找船灯有什么用场？

贾先生说："你去给我找出来。"

"嘛？"夫人仍然感到很疑惑。

夫人知道，先前家里是有一盏船灯。那还是公爹出海打鱼时用过的。轮到贾先生时，他只知道啃书本。那盏船灯便堆放到墙角的过道去了，与用过的箩筐和破旧的扫帚堆在一起，没准早已破旧得不成样子了。

夫人不想去给他翻腾那个。

贾先生却执意让夫人去找。

贾先生说："去找，去找来我另有用途。"

夫人一听，先生"另有用途"，也就没再说啥。

改天，贾先生到县上参加会议时，他便拎上了那盏船灯。

刚开始，大伙儿见贾先生拎来只船灯，不知道他要干啥的。

贾先生呢，他看到人们对他手中的那盏船灯感到好奇，便说，会议若是开到傍晚，他赶夜路回去时，可以用来路上照明呢。

殊不知，会议正式开始以后，贾先生却把他那盏船灯，端端正正地摆到了会议桌上。现场的气氛瞬间紧张起来。

大家都明白，此时贾先生把那盏船灯摆到桌面上，无非是在告诫一县之长的王佐良，别再执迷不悟，一味地谄媚上司，一条"官道"走到黑啦！要走人民拥戴的光明之路。

当天的会议，原本是王佐良要征得大家的同意，动员全县民众出资、出劳动力，去修建那条通向西山的官道。没料到，被贾先生的那盏船灯给搅和了。会场上的气氛很快发生了逆转，好多"参议员"都旗帜鲜明地站到了贾先生的那一边。

这让那个"假秀才"王佐良，感到十分尴尬，也十分难堪。以至于当晚，王佐良连晚饭都没留，就打发大家回去了。

入夜，贾先生一个人往家赶时，路过盐河口乘船，船翻了。贾先生差一点淹死在盐河里。

事后，县党部知道贾先生在返回的途中出了事情，王佐良便派人送来"四色礼"看望。

贾先生看到王佐良送来的那食物，他没让家人拆封。而是选在当日深夜，挖了个深坑，埋了。

帮 手

家华是个吹鼓手。

家华还有一个身份——班头。他是吹鼓手里的班头。

盐河口下游那十几个村庄里,但凡哪家有婚丧寿庆,需要锣鼓家什助阵一下场面的,都要来找家华。

家华手下有一帮子人,吹笙箫、弹三弦、拉二胡、敲锣鼓、打小镲的,都是家华他们门里的兄弟爷们。其中,拿大头的乐器是唢呐。家华作为班头,他的唢呐吹得最好。

一套锣鼓班子里,全靠唢呐来镇住场面。家华在这方面是下过功夫的。每到一户人家奏事时,他看户主家的客人到得差不多时,就会脱掉斜披在肩膀上的短大衣,鼓圆了腮帮子,吹上一阵子。

吹鼓手,讲究帮派,也讲究地盘。每一个鼓乐班子所吹奏的地盘,都是老一辈吹鼓手给划定的。鼓乐班子之间,不能随意跑到别人的地盘上去胡吹。这是他们行当里的规矩。如果你吹错了地方,那是要惹出麻烦的。家华爷爷那一辈吹鼓手,就曾被人家砸了场子——捅破大鼓,折了唢呐,大号都给扔进水沟里了。回头来,人家那一班吹鼓手们坐下来,"呜里哇啦"地吹拉弹唱时,家华爷爷那一班子人,拾掇起自己的家什,耷拉着鼻子,灰溜溜地走了。

而今,家华的爷爷过世了。临到家华来做他们家族里的班头，家华自然要铭记老一辈人的教导。

家华那人为人不孬。但凡来找他奏事的户主，他总是先把烟卷儿敬到对方手上。原因是，上门找他奏事的人，多为亲人过世，一时间心情不好，往往会失去一些正常的礼数，家华是理解的。所以，每回都是家华先把烟卷儿敬到对方手上，问：

"要几棚子锣鼓？"

吹鼓手们称为吹棚子。一个棚子，就是一个小团队。尽管那团队是家华他们内部划分的，但也有竞争。哪一棚子吹得好，就会有更多的人围观呢。

盐区这边，有钱人家办丧事，想把场面弄得大一些，往往会在大门两边各支一棚鼓乐班子。

一棚鼓乐班子，需要四到六个人。他们中，有敲锣打鼓的，有吹笙箫、弹三弦的。最抢眼的，自然是吹唢呐的。

吹鼓手们那"呜里哇啦"的响声挺闹人。所以，他们向来不进主人家的院门，只选在巷口，或是那户人家大门外面的空地上，临时搭建起一个遮风挡雨的小草棚，摆一张八仙桌围坐在三面儿。留一面不坐人，好让众人看到他们是怎样摆弄乐器的。有道是"坐凉棚，吃凉饭，客人没走席先散"，说的就是吹鼓手的那班人。

他们在主人家的大门外面吹吹打打，户主家的客人尚未离去，可他们手头的事儿已经做完了（那户人家的老人送到坟地上了），他们就该背起锣鼓家什走人了。

有时候，家华他们正在一户人家奏事时，前庄后疃的另外一户人家，也有老人过世了。

遇到那样的情况，家华同样是先把自己衣兜里的烟卷掏出来，敬到对方手上，自己也衔上一支叼在嘴上，相互间捧火时，家华排兵布阵的能耐就显现出来了——

"家海、家河，你们两个先去东庄把场子给开起来！"

一听家华那口气，就知道"家海、家河"都是他门里的兄弟。

应该说，在那样紧急的情况下，家华点到谁的名字，谁脸上是有光的。起码是家华认为那人能撑起场面。其间，也有家华带两三个人，到对方那儿去把场子给开起来的情况。然后，他再两边跑。因为，前来请鼓乐班子的户主，都是奔着家华的唢呐来的。家华作为班头，自然要把方方面面的关系都给照顾到。

不过，要是遇到两家场子同时开，或是三家场子同时开时，家华就要另外调配人手了——家族中的老人与小孩子齐上阵儿。能打鼓的喊过来打鼓，能打小镲子的，就叫他们"咣咣咣"地拍打小镲子。还是凑不够人手时，家华就从旁名别姓中请几个会打锣鼓、会摆弄乐器的朋友来帮忙。譬如盐河口的韩四，那人早年与家华在乡里戏班子一同演过活报剧，让他扮演地主老财时，给他涂个黑白相间的小丑脸，他一出场，挤眉弄眼一番，顿时就把场下的观众给逗乐了。那人摆弄起锣鼓家什是把好手，包括二胡、三弦他都能摸弄两把。家华喊他来助场子，是出于朋友关系，再加上韩四那人本身也爱好那些吹吹打打的鼓乐玩意儿。

家华叫他打鼓，他上来就能敲出"哧不楞登呛"的锣鼓点来。

家华安排他吹大号，他鼓圆了腮帮子，能把那丈把长的大铜号吹出"呜斗斗！呜斗斗！"的响声来。

可以想到，韩四是有备而来。因为那大号，不是那么容易吹起来的，包括唢呐的吹嘴子，韩四都是自己事先备好了来的。

吹鼓手们，各人都有各人的唢呐嘴子。那小小的唢呐嘴儿，如同刚出壳的小鸟黄嘴巴似的，芦苇根子做的，一头呈扇面状，衔入口中；另一头留个圆孔，套进唢呐顶部的圆孔柱上，便与唢呐连为一体。但那唢呐嘴子与唢呐之间，是可分可合的。谁吹唢呐时，谁把自己的唢呐嘴儿掏出来，套在唢呐上，用力一吹，便会发出"嘟——"的一声脆响。

韩四跟着家华做过几回事，便自个儿学会用麻匹、丝线缠扎唢呐嘴儿。家华听韩四吹过几回唢呐，夸他乐感不错！

所以，家华每回吹"压场"时，只要有韩四在场，就让韩四给他做帮手（做配音）。家华的唢呐在换气的空当，韩四手中的二胡或三弦，立马就要奏出连贯的声响来。否则，一旦出现冷场，家华那"压场"，可就不出彩了。

要知道，家华每回脱掉大衣吹"压场"时，他都会使出浑身解数，招揽很多人围观呢。好多远亲近邻为了观看家华的"压场"，可能早就等候在他们鼓乐班子那儿。

而韩四在配合家华吹"压场"时，也非常用心。他能在唢呐停歇的空当里，用二胡的弓弦，弹奏出鸡鸣狗叫或是马蹄儿奔跑的声音，他还能用二胡儿拉出小毛驴那"嗯，啊——！嗯，啊——！"的叫声。回头来，等家华的唢呐再次吹起时，韩四的二胡声自然就被盖住了。

就那，韩四还是热衷于跟着家华做帮手。家华曾跟韩四说，你的三弦、二胡弹拉得不错了，以后，你再把唢呐练练，就可以吹"压场"啦！

韩四也觉得是那样的。所以，他自制了唢呐嘴儿，很快还琢磨出吹唢呐的一些花样来。其中有一回，他在一户人家摆弄唢呐时，将号嘴儿衔在嘴里，手中的唢呐，时而插进鼻孔里吹；时而，又堵到耳朵眼里吹、眼窝里吹，逗弄得观众们前仰后合地笑得不行，大半夜的都不肯离去。

其实，韩四耍弄的那一套，全是骗人的。他把唢呐插进耳窝里、堵在眼睛上，声音还是从他口中的唢呐嘴子里发出来。只不过他的动作比较快，况且又是晚间坐在灯影里，外人就认为他能用耳朵、鼻子吹唢呐呢。

韩四的本意是迎合观众，逗乐儿。但韩四没有想到，他那样摆弄唢呐，却断了他自己的后路呢。

家华觉得韩四太抢风头了。自那以后，家华几乎就不再找他来做帮手。

但家华表面上不是那样说的。家华跟他的兄弟们说，韩四那些杂耍不入流——不是他们鼓乐班子里所需要的。家华甚至说，韩四那样的玩法，是很容易带坏他们鼓乐班子的。

贾 元

贾元应该不算是个光棍。他娶过媳妇。那女人给他留下一个儿子，便跟着一个青岛客跑了。

早年，盐区这边闯青岛的男人挺多的。他们大都在家乡讨不上老婆，去青岛那边闯荡两年。赶回来时，穿上双排扣的毛领子大衣，在村口的小桥上，见到对着河水撒尿的小孩子分糖块，碰到熟悉的乡邻散烟卷，很招人眼馋呢。

那个时候，居住在青岛的洋人很多，洋人开办的工厂也多。盐区这边去混穷的男人，可以到他们工厂里干活，也可以在街上拉洋车（黄包车），卖香烟、瓜子，或是在街口摆个地摊卖水果，也有人在租界那边擦皮鞋的。不管干什么，一旦他们挣到钱，再返回家乡时，都会买身好衣裳穿上。盐区这边的大姑娘、小媳妇们见了，个个都会抿着嘴儿羡慕。

贾元的婆娘，应该就是那时被一个青岛客给"吸引"走的。

后期，贾元就一直领着儿子生活。

贾元那个村子，建在一面北高、南低的慢坡上。到了贾元家那边，已经是紧邻村前的小河了。

河，是人工河。

中华人民共和国成立以后，盐区兴修水利。村里人为引水灌溉，打村西小水坝那儿，开挖出一道人工干渠，其水量的大小，控制在小水坝排水口那儿。

开春时，各家需要引水泡田插秧，小水坝那边控制水量的闸板昼夜敞开着，依然还有人家为截堵水源而争吵不休。夏季里，雨水多，河水变深，河面儿加宽，隔断两岸行人。

贾元家住在小河北岸。小河南岸是生产队的打谷场。尽管沿河边往西不远处，有一座石拱桥连通南北，但对贾元以及周边的人家来说，绕来绕去，还是很不方便。

贾元一直想在门前的小河上建一座桥，但他苦于手头没有钱，心中的愿望一直没能实现。

这一年，小村里为整治农田，将荒野中散落的坟墓，集中迁往小村后面的秃石岭上。

秃石岭上尽是石头，坟墓迁到那里不占耕地。现在想来，当时地方政府出台的那项政策，还是挺科学的。

问题是，那时间人们对地下文物缺少保护意识，无形中破坏掉很多珍贵的东西。曾有一座无主的古墓被挖开后，很多物件被现场破坏掉了，一些年代不详的瓦罐，被当作玩物敲碎，听了脆响！还有古墓里挖出来的棺材板儿，横七竖八地摆在那儿没有人要。

贾元因为想在门前建桥，他很在意那些散落在田间的棺材板子。可巧的是，挖掘古墓的当天，他就在那块农田里耕地。

贾元是个牛把式。

中华人民共和国成立前，贾元在财主家使过牛。中华人民共和国成立以后，人民公社还让他使牛。他看到那座古墓中扒出来的棺材板儿木质还不错，踩上去试了试，还挺扎实的，用石块敲击了两下，"当当"作响。随即，套上牛车，把那几块棺材板儿拉回家，就门前小河两边架起龙门架儿，棺材板往上面一搭，一座简易的木板桥便建成了。

刚开始，只是贾元从那桥上走来走去。周边的邻居都很忌讳那座桥是棺材板搭建的，尤其是刚穿上新鞋子的小孩子，大人们总是跟在身后叮嘱："别从贾元家那桥上走过！"

好像谁踩到贾元门前那棺材板桥上，就会把晦气带回家似的。

贾元呢，他光棍一个，他才不在乎那些呢。只要出行方便，他就从那桥上来回走过。有时，他晚间还蹲在那桥上闷头抽烟呢。

当时，贾元的儿子跟着下南洋的船队扯网、捕鱼去了。贾元挺惦记儿子呢！他想，等儿子回来以后，先不告诉他那座木板桥是棺材板搭建的，让儿子慢慢适应以后，他自然就会认可的。

好在，时隔不久，旁边邻居家急着到南场院去办事情，也开始抄近道——从那桥上走过了。而小河对面打谷场上的男女口渴时，直接穿过小桥，到小河这边的贾元家，或是贾元隔壁人家讨水喝。

更为便捷的是，生产队晚间挑灯打稻谷，干脆就在一桥之隔的贾元家的锅灶上蒸米饭烧鸡蛋汤。

那样的夜晚，贾元家门前挑起亮汪汪的马灯，大伙儿说说笑笑地从桥上走过来，似乎无人忌讳那是一座棺材板搭建的木板桥，一个个蹲在贾元家院子里，或是蹲在小桥上，一边听淙淙流淌的河水声，一边吃白米饭，喝鸡蛋汤，馋得周边几条巷子里的狗，都围在小河两岸打转转。

贾元呢，自从儿子到南洋船上去打鱼，他就觉得儿子一天天长大了，将来用钱的地方会很多。平常的日子里，他非常节俭，小鸡下个蛋，菜园里的嫩青菜，或是头刀韭，他自己舍不得上口，总想着提到集市上去换个毛儿八分的。好多时候，贾元晚间都舍不得点灯耗油。他打算再过两年，把眼前的两间破茅草屋推倒，重建三间高大、敞亮的大房子，给儿子说亲、娶媳妇。

应该说，贾元的想法很切合实际。譬如他修建门前的那座桥，尽管刚开始好多人认为是棺材板搭建的，不想从那桥上走过，可现在看来，不是很好嘛！大家来来回回都从那桥上走呢。贾元甚至想到，将来儿子娶亲时，就让新媳妇从那桥上正面进家。

可有一天清晨，贾元早晨起来，打开院门，想把几只小鸡赶到南场院去寻找草籽、谷粒儿吃，忽而发现桥上的棺材板不见了。

刚开始，贾元还纳闷呢，谁偷那个干啥？几块死人躺过的棺材板儿，总不会有人偷去家打饭桌、当床板用吧。那样的话，吃饭、睡觉的时候，都趴在那棺材板上，多恶心，多瘆人呀！

贾元认为是小孩子发狂，故意把那桥板子给掀到小河里。他顺着河水往下游去找，找了好远也没有找到。

回头来，贾元看到河面上桥"口"大开，临时找了几根木棒子，用绳索链了链，将就着也可以行走。但没有之前棺材板搭的那样牢靠、稳妥，脚板儿踏上圆木后，左右晃动，还怪危险呢！

那时刻，贾元还真是想念他那几块棺材板呢。

如果事情到这儿结束了，也就罢了。毕竟是几块荒野里捡来的棺材板儿，丢就丢了吧。

可贾元没有想到，半月以后，有人告诉他，说他捡来的那几块棺材板儿全是金丝木的，被人家弄到城里以后，卖给了文物贩子，一家伙赚了三五千块钱。这在当时，是可以盖十间大瓦房的。

贾元听到这个消息，顿时愣在那儿了。

接下来，贾元整天整夜地睡不好觉，他四处打听那个偷走他棺材板的人，可始终没有人告诉他具体下落。后期，贾元病了，且病情一天比一天加重。

贾圩

贾圩是个地名。

盐区这地方，多以某某沟、某某圩起名。如蟹脐沟、跳鱼沟、扁担沟，李家圩、马圩、黄圩等等。也有个别村落叫什么官庄的。但凡叫官庄的村子，疑似某朝某代出过官员，或是某位官宦人家在此居住过。其街道、房舍，相对要古朴、厚重一些，姓氏也比较单一，比如娄家官庄、朱家官庄，其娄姓、朱姓的人家占据主流，族人们谈古论今，扯到其官庄的来历，脸上总是带着几分荣耀与自豪。而叫什么沟、称某某圩的村子，就没有那么光鲜显亮了。他们多为贫民蜗居，百姓杂陈。

旧时，盐河边三五家叉鱼的、照蟹的、摸海肠子（一种像蚯蚓的海生物）的，以及挖大泥、唱小戏、开暗门子的，抱团取暖般聚拢在某一条沟湾河汊子里，搭两间茅屋，挖几眼"地笼"，就为一圩。他们多以河沟里的鱼虾、蒲草或某个人的姓氏给自己的住处命名。如贾圩，就是那样来的。

贾圩那地方，原本是一片茅草地。它西接城区，东依昼夜繁忙的盐河码头。周边河沟里长满了那种枝叶茂密的紫秆小芦柴，一条丈余宽的马蹄道横贯东西。民国初年，北洋军阀白宝山坐镇盐区的时候，他手下有一个贾姓的排长，从外地带来一个女人，说是他的妻子，谁知道呢，十之八九是他的姨太或是相好的，就居住在那儿。

当时，贾排长只是个带兵打仗的马前卒，尚无资格携带家眷。可他明里暗里地把那个女人弄来了。放在军营里与白宝山那几房千娇百媚的妻妾平起平坐，显然是没有那个胆儿。怎么办？贾排长想出一个避嫌之计，他托人在城外的芦柴地里，搭建了一栋干打垒式的土塈房，看似与盐河边扳罾的渔夫所居住的茅屋差不多，可他那茅屋里却藏着一个水水柔柔的女人。

白天，贾排长一身戎装，去军营里当差。入夜，他回来与那个女人团聚。其间，他还带来几个士兵在小院里铲草，派人运来碎石黄沙，铺垫出一条草径，连接门前那条横贯东西的大道。

随后，盐河北乡来了一户烤大饼的，看中此处的芦柴，就地起灶，烤出了小铜锣一样香喷喷的面饼，先是用箩筐挑到码头上去卖，紧接着就在路口那儿摆摊，还扯起了一个"陈家芦柴大饼"的狗牙幌子，在大风中"呼呼呼"地摇摆。赶海的汉子，一早出门，或是晚间从船上下来，走到此地，肚子正好饿了，买上四两或半斤大饼，一路边吃边走。

那时间，市面上都是十六两一斤的小秤。陈家的芦柴大饼，单面压着"十"字花，待面饼烤熟以后，那个"十"字花随面饼的膨胀而加深。客人若买半斤或四两面饼，无须过秤，当面一掰再掰，就是对方所要的面饼数。

紧接着，又来了几家炸油条的、炒瓜子的、卤猪大肠的，他们都是奔着此处的芦柴与清亮亮的河水来的。这以后，外来拾荒的、码头上扛活的、盐河里跑花船的，看到那地方聚集着人气，纷纷在此"安家"。等到城里的大药房、酱菜店、丝绸布庄在此设分店时，"抬财神"的土匪们也把目光瞄向了这里。

第一个被土匪"抬"走的，是烤大饼的陈家大孙子，开出赎票三百大洋。那可是陈家三年都赚不到的大饼钱。

怎么办？你舍不得出银子，对方就要给你来个"好看的"，先割下小孩血淋淋的耳朵或圆滚滚的小手指头，用个火柴盒装着给你送来，让你眼睁睁地看着宝贝孙子被人家断指、挖眼，而撕心裂肺，痛不欲生。

情急之中，有人出主意，让陈家老爷子去找隔壁的贾排长。贾排长虽不通匪，可他整天在军营里行走，其职责就是维护一方平安。用当今的话说，他属于武警、治安大队的。让他出面，对付几个乡间蟊贼，还在话下吗？

可怎么去找那贾排长呢，他整天早出晚归，有时十天半月都见不着他个人影。

民国年间，军阀混战，白宝山的队伍，经常被抽到响水、沭阳，或更远的地方去打外援。好在，贾排长屋里的女人很少外出，想求贾排长办事的人，提前把礼物或礼金送给贾排长的女人，事情也会有所转机。

这期间，不乏贾排长要出面与对方讨价还价，把原先索要的三百大洋，降至五十大洋或三十大洋，让被劫索方能够承受。

问题是，那地方地处荒野，匪来匪去，过于平常。别说在此地开饭馆、做生意的商家难以生存，就是贾排长一家，也感到岌岌可危呢。

于是，有人想出"围城"之计。贾排长带头捐了银子，各家也都凑了份子。大家就周边的沟渠，挖出了一条"护城河"，并以河沟中挖出的泥土，筑起了一圈高高的围墙，留一出口，设置了跳板。"围城"之内的住户，建立了防范联盟，很大程度上，制止了匪患。

围城取名贾圩。一则，贾排长率先来此地定居，他最有资格取姓命名。再者，贾排长是"围城"之内最有地位的人。贾排长很感激大家对他的推崇，在以后数次小股土匪入侵时，他带头击退来敌。

不尽其美的是，此后不久，贾排长在一次带队剿匪中，被土匪暗枪击中头部。棺枢抬回盐区，大伙含泪凑了份子，将其安葬。可此时，谁都不会想到，之前的数次"抬财神"，全是贾排长勾结土匪所为。此番，他带队剿匪，是想一举灭口。没想到，土匪们识破了他，一枪将其击毙。

中华人民共和国成立后，贾排长更多的劣迹，一一曝光。

当初，深受其害的近邻，对他恨之入骨。纷纷联名要把与贾排长有关的贾圩之名改掉。可方圆几十里，早已习惯了那个称呼。时至今日，贾圩社区、贾圩小学、贾圩大厦，都是以那个坏蛋来命名的。

好在，当今的人们，大都不知道贾圩的来历，也懒得过问那等闲事。

诬 告

大军南下时，粟裕的队伍，在盐区做过短暂整编，临时招募了一批新兵，以补充队伍里的"缺编"。庄青、田大冒，就在那时光荣入伍。

时值战乱，换上军装后的庄青和田大冒，被拉到远离盐区三十里的一处废弃的盐仓房里搞集训。那时间，国民党的飞机经常飞过来骚扰。所以，他们白天躲在盐仓房里学文件、整纪律，夜晚拉出去搞训练。

有天半夜，田大冒起来撒尿。原本没有尿的庄青，顿时，也觉得下面有了尿意。随即，两人一起披上衣服，来到门外的场院里。

其间，庄青想起田大冒尚在新婚里，逗他说："你想媳妇了吧？"

大冒半天没有言语。

回头，两个人抖着裤子，一起往回走时，大冒一没留神儿，"邦"地一下，撞到旁边一根石柱上了。

大冒"哎哟"一声，捂着头，蹲下了。

庄青赶忙伏下身，问他："怎么了，大冒？"

大冒一边捂着头，一边说："没事，没事。"可庄青借助月光，发现他指缝里冒出了殷红的血，惊呼一声，说："哟，你的头碰破了！"

大冒张开手掌一看，殷红一片。

庄青要去喊连队的卫生员，大冒拦住他。大冒跑到前面井台边，用凉水激了一下，很快就把头上的血给止住了。大冒告诉庄青，说这几天，正是新兵集训期，也是考验每个人意志和胆略的时候，他碰破头的事，不要对外人讲。

当时，军地双方，大力提倡"一人参军，全家光荣"。田大冒正是为"光荣"而应征入伍。几天来，军队的教官们，一再号召大家，要争做"一不怕苦，二不怕死"的好战士。

此番，他田大冒头上磕破点皮毛，算得了什么呢？所以，他跟庄青交代，要为他的事情保密。以至第二天再"集训"时，田大冒故意把军帽压得很低，尽量不让人发现他的伤情。

殊不知，两天后的一次夜行军时，田大冒再次撞到路边的一棵大树上。这一次，他把鼻子撞破了，鲜血直流。在场的很多战士都看到了。

这时，田大冒才把他心里的话，告诉庄青，他说自己是雀乎眼儿，也就是医学上所说的夜盲症，天一黑，看什么都很模糊，以致分不清道路。

庄青问他："过去我怎么没听你说过？"

大冒说："我爹怕我讨不上老婆，始终让我瞒着乡邻。"

庄青说："这以后，咱们有可能天天都要行军打仗，你怎么能继续瞒下去呢？"

大冒也不知道接下来他该怎么办。

但是，田大冒转过来问庄青："我若是因为眼睛的问题，被部队退回去了，家乡父老，会不会说我是逃兵呢？"

庄青思忖了一下，说："这个，不大可能。"庄青帮助田大冒分析说，"你若是因为眼睛的问题，被部队退回去，只能说你的身体不适合留在部队，不会把你说成逃兵，应该算你提前退伍。"

大冒说："我不想提前退伍，我想跟着队伍打到江南去。"

当时，渡江战役正在紧锣密鼓地运筹中。田大冒他们这批新兵，就是为渡江战役做准备的。但是，像田大冒这样有夜盲症的战士，又怎么能随部队打到江南去呢？关键的时候，他那眼神，会给队伍惹出乱子的。所以，面对如此严肃的问题，田大冒最终还是做出一个决定：他让庄青大义灭亲，向部队首长去检举揭发他有夜盲症！

庄青说："那怎么行呢？咱们俩是老乡，你让我去检举你，我岂不成了叛徒吗？"

大冒说："没有关系，大不了把我开除回家。但是，你通过检举揭发我，可以立功，没准还能得到部队首长的重用。"

庄青说："这种事情，我不干。"

大冒一再做庄青的工作，并如实跟庄青讲，他是愿意回家的，只不过不愿意背个"逃兵"的罪名回去。

庄青说："那你直接跟部队首长说明情况。"

大冒说，通过他庄青的嘴，把他的病症说出去，更容易让部队首长相信。

庄青想想，也是这个道理。于是，庄青就把田大冒入伍以后，前后几次夜间撞伤的情况，如实向部队首长反映了。部长首长了解到田大冒的情况后，感觉这样的兵，确实不能带到战场上去。于是，一纸报告打上去，很快就批准田大冒提前退伍了。

这个决定，对田大冒来说，如愿以偿。因为，他没有夜盲症，他之所以装作有夜盲症，就是想回家抱老婆。前几次碰破头、撞破脸，都是苦肉计。现在，他既保住了军人的荣誉，又可以回乡与家人团圆。可谓两全其美！

但是，田大冒怎么也没有料到，他那批兵，虽说是"预备役"，可前方的解放大军，势如破竹地打过江南，庄青他们没动一枪一炮，就地"军改"——以军人的身份，投入地方土地改革。

一夜之间，庄青他们都成了国家干部。

这事情，田大冒很快就知道了，他很后悔。但，已无法挽回了。

五年后，已经在南方某大城市当上领导干部的庄青衣锦还乡，全村老少都来看望这位盐河北乡走出去的大干部，唯独与他一起当兵的田大冒，始终没有露面儿。

原因是，田大冒回乡后，听说他所在的部队就地参与"军改"，他连夜给部队首长写信，要求回到部队去。并一再阐述，他根本没有什么夜盲症，一切，都是他那个同乡庄青诬告他的……

雕 塑

盐区东去十里许，有一个叫大浦的地方。那里，原是盐河的一段古河套，曾经也是盐河入海的一个挺繁华的内陆小码头。有几十户人家，缀落在河堤南岸，如同一棵朝阳的果树枝上，结出一串璀璨、饱满的果子。

贾恒七八岁的时候，跟着父亲到大浦换过一回粮食。

那时间，大浦尚无一条像样的街道，各家店铺、餐馆、药房、理发摊儿啥的，全都依河散居。人们解手时，不是钻进河滩的芦苇地里，就是去饭馆旁边临时"围羞"的茅棚中。甚至可以一边解手，一边与路人说些天气呀、集市上的货物呀等瞎打牙的话语。

好在，那时大浦的人气挺旺的。见天船来船往，大小餐馆里每晚都要闹和到午夜以后，涂脂抹粉的拉客女，一到晚间，如同飞蛾扑火似的，全都围着饭馆里的商客和船上下来的船夫甩指响、丢媚眼儿。

"此地有前景，若是赶上荒年，这地方能养活人！"

贾恒随父亲去大浦换粮的那日晚间，几个从麦湖一同赶来换粮的麦客，围坐在一家大车店里喝大碗茶水时，贾恒的父亲看着盐河里闪烁的灯火，无意中那样闲话了一句，不足八岁的小贾恒却记在心里了。

五年以后，贾恒的父母为抢收那一年麦湖里的麦子，不幸被洪水双双夺去性命。

麦湖，不是个地名，它是淮河泄洪用的一条空旷的河谷。离盐区有一百多里地。每年可种植一茬小麦。所谓麦湖，是指麦苗绿了河谷以后，整个河套如湖泊一样绿浪翻卷。

不能作美的是，那河谷里的麦田，不属于贾恒父亲那样赶麦湖的麦客，而是被当地财主们一片一片瓜分了。贾恒他们家，属于外乡来的"赶麦人"，只能凭着力气，去给财主家抢收新麦，从中获取相应的酬劳。财主们懂得麦湖里的麦子并非到手的粮食。他们与麦客们结算工钱时，以当年新麦的收成来折扣。年头好时，麦客们全家齐上阵，也能从财主那儿分得小半年的口粮，但他们舍不得吃，因为那是细粮。麦客们会肩挑车推地把当年的新麦运送到流金淌银的盐区，卖给盐河口的富裕人家。然后，再买些山东那边过来的玉米、山芋（地瓜）等杂粮，就够一家人一年的生计。若是那一年洪水来得突然，尚未到手的麦子连同抢收新麦的麦客们，都有可能被洪水冲走。贾恒的父母，就是那样死去的。

是年，贾恒13岁。突然失去双亲的贾恒被姑姑接去她家。姑姑一家也是赶麦湖的穷人。此时，贾恒想起父亲生前所说的大浦那个地方，便与姑姑说，他要到大浦去"闯生活"。

姑姑不知道大浦在哪里，但姑姑知道留下贾恒，并不能给予他温饱。姑姑便剪去自己的发髻，给贾恒凑了一块大洋。叮嘱贾恒，路上要吃饱了肚子。也就是平常人们挂在嘴上的那句——穷家富路。

可贾恒揣着姑姑给的那块大洋一直没花，一路上过河帮船主拉纤，饭馆里讨饭时帮人家洗碗。等他赶到大浦，夜宿街头时，一所外国人创办的教会收留了他（类似于今天的社会福利院）。

贾恒在教会里，白天帮人打扫院落，晚间就睡在人家的门洞里，帮助教会里守夜——看大门。

这期间，一位叫慕庚杨的美国传教士（同时又是位医生）看贾恒机灵勤快，便教他学习西医。

当时，西医在盐区刚刚盛行。同一时期，跟着慕庚杨学习西医的中国人还有很多。但是那个慕庚杨有洁癖——过于讲究卫生。他不让人随地吐痰，不许在病房里大声讲话，不让家属到病区来探亲访友。

慕庚杨用他们美国的生活习惯来约束中国人，好多人受不了他的约束自退，或者被慕庚杨辞退，纷纷离去。

但贾恒没有走。贾恒没有家，自然也没有家人来探望他。这一点不会引起慕庚杨的反感。再者，贾恒跟着慕庚杨每天都能吃饱肚子。所以，他比较听慕庚杨的话。慕庚杨不让随地吐痰，他就把口水吐在慕庚杨指定的痰盂里；慕庚杨不让大声讲话，他就小声与慕庚杨说一些该说的话语。由此，他赢得了慕庚杨的信赖。

慕庚杨教贾恒各种西药片的用途。其间，他还教贾恒把红药水、紫药水涂抹在病人将要动手术的好皮肤上。等到贾恒知道，一刀可以解除阑尾炎的病痛时。他已经穿上白大褂，成为慕庚杨的得力助手。

一九一九年，五四运动以后，西方传教士陆续撤走。在慕庚杨撤走以后，贾恒以及他的同事，接管了大浦医院，并在慕庚杨创办西医的基础上，将中西医合璧。

这个时候，也就是贾恒主政大浦医院后，他所做的第一件事，就是回乡把他老姑一家接到大浦。并拿出当年姑姑剪掉发髻凑给他的那块银圆，问老姑："你可认得这个？"

当时，还是民国，银圆正在市面上流通，老姑当然认得，张口就说："银圆嘛！"

贾恒说："你可知道，这是你给侄儿的那块银圆？"

老姑一下子就愣住了！她问贾恒："你怎么没有花它？"

贾恒说："我要是花了它，就走不到大浦了。"

在贾恒看来，他怀里揣着那块银圆，就是揣着生存的希望。一旦他花掉了那块银圆，他便两手空空，极有可能没有勇气，甚至是不知道后面的路该怎样走了。

中华人民共和国成立以后，贾恒又在那家医院里工作了几年便病逝了。其间，那家医院的名称改为盐区人民医院。

前年，大浦医院，即盐区人民医院迎来建院百年，现任院领导为纪念贾恒，给他做了一个半身雕塑：留长发，穿白大褂，胸前挂着听诊器。这些好像都很平常。但细心的人不难看出，贾恒胸前的听诊器是有一枚银圆镶嵌在其中的。以此，标志着贾恒的创业史和盐区第一人民医院的发展史。

合　谋

杨家起磨了。

两头被蒙上眼睛的驴子，并排套上梭套，如同一对孪生兄弟，并驾齐驱地拉着同一根磨杆。磨杆的另一端，有铁环紧扣在一根垂直于地面的立柱上，而驴子与立柱之间，便是那个扁圆且可以转动的高大石碾子。起磨的一刹那，需要人力给驴子助推一把。否则，那两头叫驴（公驴）瞪圆了眼睛，四蹄刨土，都很难启动那个丈余高的大石碾子。

"叭——"

主人当空炸起一声鞭响，那两头被蒙上眼睛的驴子，都认为皮鞭抽到对方身上，庆幸没有打到自己的同时，担心下一鞭子再打过来，立马就会扬开四蹄，"郭嗒，郭嗒"地拉起那高大的石碾"咯吱咯吱"地转动起来。其实，主人那当空一声鞭响，谁也没打着，只是诈唬驴子呢。同时，也是告诉磨坊里做事的人，赶快各就各位。

石碾一转，添粮的、翻粮的、起粮的、箩面的、装面的、抛糠秕的，男男女女随之都会忙动起来。诈驴的那一声鞭响，如同学堂里的小学生听到上课铃声一样，每个人立马就会去寻找自己的位置。

杨家在盐区开磨坊，已有些年头。起初，杨氏祖父杨万顺，凭着年轻时的一副好身板，来盐区这边砍大柴，且砍下的大柴，专往盐区的大户人家送。送到大盐商杨鸿泰家时，便攀上了本家。其实，杨万顺是南城杨，而人家杨鸿泰是沭阳杨。两地相差一百多公里哪。

可初来盐区混事的杨万顺，攀上大户，如同外甥随娘住到娘舅那边一样，改成娘舅的姓氏，不被外人所欺。

接下来，杨万顺在南河沿那边开起了磨坊。

南河沿是盐区的粮市，各家的店铺商号，一字排开，五颜六色的狗牙幌子，如同万国旗似的随风飘摇。摆粮匾的筐斗，就在那"万国旗帜"下，恰如大珠小珠落玉盘。斗斗筐筐里，装满了玉米、花生、大豆、小麦、芦秫之类，颜色也是各尽其美。

只可惜，前来购粮的盐工及盐工的家属们，大都是干一天、吃一天的穷苦人，他们中没有隔夜粮。一个个手持布袋或笆斗，挨个粮匾里捏试干湿，时而还会用牙咬开粮粒儿看看。买上一升或一合子（一斤），就手提到杨家磨坊去磨（或换）成面粉或糇糊。

杨家磨坊里有湿磨和干磨。湿磨有槽，可将泡过的小麦、玉米磨成糊状，端回去摊饼子、烙煎饼。而干磨，即石碾，无槽。可将干透了的粮食，平摊在"碾道"上，任其高大的石碾来回碾轧，并不断地翻腾，待碾过的粮食筛去糠秕，便是精细的面粉。

而杨万顺家那两盘石碾，又名大胖子、二胖子，恰好就满足了盐区人的需要。每天天不亮，就听到杨家磨坊里如滚春雷一样"咯轰轰"地响动起来。时而，还会听到"叭！叭！

叭！"的炸鞭声。

杨家养了十几头拉碾的驴子。

两盘石碾转动时，同时需要四头驴子。其间，歇驴不歇碾，即前面的四头驴子累了，可以换下来，牵至南场院去打个滚儿、喂些草料，歇息着；而后面，紧跟着又有四头驴子顶上去了。箩面的工序，也从先前的手工丝箩，换成脚踏式半自动晃框——碾好的粗面，装进一个长方形的木框里，靠人工蹬踏，就可以晃动木框里的丝箩。

杨家磨坊，多为杨家人把持着。尤其碾面、箩面，多一道工序，就能多出一份面粉，直至最后面粉里掺进了糠皮，杨家人仍然当作面粉出售。当然，其中的价格与前面的头道面、二道面悬殊是很大的。而码头上扛大包的盐工、船夫，以及盐河边等米下锅的穷苦人家，都愿意去买杨家那种价格低廉的粗面。而开磨坊的杨家人，也吃那样的粗面粑粑。

杨家老太爷是受苦过来的人，他不仅要求自家人要吃粗粮，娶进门的儿媳、孙媳，只让穿三天的新嫁衣，便要顶上头巾、扎上围裙，到磨坊里去做事。颇为有趣的是，杨家的女眷到磨坊里做事，可以当月领到工钱，而杨家各房的公子只能等到年底分红。这样一来，杨家的女人们（含杨家的闺女、孙女）都争着去磨坊里做事哪。因为，杨老太爷给她们开的薪水相当丰厚。

盐区这边，家有俊俏女儿的人家，都愿意把闺女嫁到杨家去。而杨家所娶进门的媳妇，个个都很好看，她们所生出的崽儿，一个一个都赛小虎崽似的。

杨老爷严谨的治家之道，促使杨家人丁兴旺。

然而，时光到了光绪三十年（1904 年），赣榆举人许鼎霖，在盐区创办了海丰面粉公司，购得美国面粉机 15 台，日产面粉千余袋。一家伙抢占了盐区的面粉市场。

原本靠磨面粉为业的杨家人，突然间断了财路。时而，磨一点高粱、玉米及多皮的荞麦，但靠这些已很难维持大家庭的开销。

杨家磨坊里，欢腾一时的"大胖子""二胖子"，到头来，一个"胖子"也欢腾不起来了。而海丰面粉公司那边，却昼夜马达轰鸣。杨家人眼睁睁地看着钱财被那"洋机器"给吞走了，却一筹莫展。

可好，这一年腊月，也就是盐区人家家户户要买面包饺子的时候，海丰面粉公司那边，因为传送带连夜转动而摩擦失火，把 15 台磨面机都给烧趴了窝。

一时间，杨家磨坊里的"大胖子""二胖子"，骤然又欢天喜地地转动起来。

可好景不长，海丰公司那边又恢复了生产。随之而来的是，杨家这边摊上了官司——"海丰公司"起诉杨家人故意纵火，烧毁了他们的面粉机。

可官府追查下来，并非杨万顺家这边派人纵火。而是大盐商杨鸿泰家的一个狗奴才自行其是。

究其原因，杨鸿泰在杨万顺家磨坊里投了股份。那奴才自然是受了两位杨姓人家的支使。但他，宁死不说实情。

斗　油

曹家油坊是一景。

小盐河北面的河坡上，一溜儿狗牙似的台墁（石阶），歪歪斜斜地攀上河堤，那便是通往曹家油坊的坡道。前后两排紫竹栅栏围起的场棚（曹家油坊），高高地矗立在小盐河北岸的河堤上，与那道斜坡上的台墁连在一起，如同一位身姿曼妙的贵妇人，不经意间把腰带飘落到盐河边小码头上了。

曹家油坊左边，是杨家磨坊，两台圆滚滚的大石碾子，昼夜不停地"吱呀呀"欢唱。与其说曹杨两家合用着一个水陆小码头，倒不如说两家人共同做着同一门营生——杨家磨坊里碾出的豆粕（豆坯），有相当一部分用在曹家油坊。

南来北往的粮商、油贩子，各地涌入盐河口的船只，都要在曹家小码头那边装卸粮柴，采购蔬菜、瓜果和曹家豆油。

曹家豆油挺有名的。

入夜，隔河相望，可以影影绰绰地看到曹家油坊里人影攒动，如同观赏一场规模宏大的木偶戏。炒豆粕的、蒸豆粕的、装垛套的、压油杠的，看似乱作一团，其实各做各的事情。唯有炒豆粕的与蒸豆粕的是同一伙人。他们将豆粕上锅炒熟，用来提升豆油的醇香。但炒过的豆粕出油量少。曹家人摸到这个规律后，只在蒸熟的豆粕中掺入少量炒料用来提香。至于，曹家还有什么榨油的诀窍，外人很难知道。

曹家榨油选在夜间。

清晨，曹家出售豆油的时候，沿街的百姓，手提怀抱着盆盆罐罐地涌来，多则三五斤，少则二三两，还有的穷苦人家，端个茶杯、破碗挤过来，店里的伙计也都笑脸相迎。但曹家大批量的豆油，还是通过油贩子装入船只，从河坡下面的小码头运往外地了。

油贩子是曹家的座上宾。他们来购油的时候，曹家都要留饭。

曹家油坊里做出的饭菜，油水大、香味浓。曹家大奶奶待人宽厚，摸过海碗给客人装饭的时候，总是要压实了再递到客人手中。所以，南来北往的油贩子、大豆商，都喜欢到曹家来购油、送黄豆。沿街的狗呀、猫的，也都围在曹家油坊周边打转儿。曹家大奶奶时不时地会拌些小鱼剩饭、扔块带板筋的骨头，喂养那些流浪街头的猫呀、狗的。

曹家油坊，前后运作了几十年。可庚子事变后，西方列强带来了一些洋玩意儿，给曹家油坊造成了不小的麻烦。

具体一点说，是一个想讨曹家便宜的异乡船客，从汉口载来一台油光锃亮的榨油机，想以高价出售给曹家。没想到曹家老爷子不吃那一套——不要那洋玩意儿。

那船客心存不甘，找到曹家隔壁的杨家。

杨家本身是开磨坊的。船客游说杨家，说他们家磨坊里碾出来的豆粕，上锅蒸熟以后，转手就可以压榨出香喷喷的豆油来，何乐而不为！

杨家被那船客说动了心，当真就留下了那台机器榨油机。

说是机器榨油机，同样是需要人工来蒸制豆粕，并将蒸熟的豆粕一个一个装入套垛，方能压榨出清亮亮的豆油来。所不同的是，曹家榨油是用一段槐树木的油槽来装垛榨油，而杨家那边，则是通过榨油机的缸套，依次叠垛，绞动转盘来榨油，所轧出的豆饼严实，出油量高。

但盐区百姓吃惯了曹家的油，并品出杨家的机器榨油不香。所以，此时尽管杨家也出售豆油，可上门购油者寥寥无几。

无奈之下，杨家的豆油只好降价出售。

杨家凭着机器榨油成本低、费用少。原本七个铜钱可购一斤的豆油，挂出了六个铜钱的招牌。

这样一来，便有客户上门，先是外乡来的油贩子，他们从杨家购出的豆油，仍然可以打着曹家豆油的招牌，到异地去出售，中间的差价，自然是落进了油贩子自个儿的腰包。随后，沿街的百姓，也都为了节省那一个铜钱，来杨家打油。

曹家看杨家的豆油降价，也跟着下调了价格。其间，曹家还断了到杨家磨坊碾豆粕的交易，自购了碾坨，悄然与杨家拉开了竞争的架势。

杨家看曹家的油价也跟着下来了，他们便咬紧牙关再降一个点，从六个铜钱降至五个铜钱——这可是榨油的底线了。再降下去，将是贴本的买卖。

没料到，曹家那边干脆豁出血本，陡然降至五个铜钱以下。等到两家的豆油价格降至大豆的价码时，曹杨两家都有些吃不消了。

其中有一天，曹家进购大豆的本钱没了。但曹家人仍然装作财大气粗的样子，对前来购油者，一概留宿、供饭，每到夜晚，还要包台大戏，给油客和乡邻们观看。

怎么说，曹家在盐区开油坊几十年了，可谓是家大业大。

可这天清晨，曹家账房里的伙计匆匆跑来找曹老爷，说是支不出后厨送菜的款项了。

曹老爷一愣！他知道曹家庞大的家业已经掏空了。但他不想亏欠菜农的那点小账，以免传出去坏了他们曹家的名声。曹老爷转身绕至后院，找到大奶奶，让她快把娃娃们缝在毽子里玩耍的几个铜板扯拽出来，回头来拍给那送菜的小贩后，照样是杀鸡、宰鹅，招待商客。

可此时，早已经支持不住的杨家，看到曹家那边依然高朋满座，好"戏"连台，深感不是曹家的对手，便不声不响地把油坊的差事停下了。

至此，曹家斗败了杨家。但曹家仍不甘心，动用了"黑嘴"说客，上门劝说杨家把那台已经"趴了窝"的洋机器，以很是低廉的价格转卖给了曹家。以此，彻底断了杨家东山再起的后路。

事后，有人评说曹家斗败杨家，并不单单是油价下跌。而是曹家与杨家斗油时，暗中买通油贩子，从杨家购进低价油以后，而源源不断地补充到曹家，才挤垮杨家的。

透　鲜

透鲜，本来的意思是头鲜。

后来，人们口口相传，不知到了什么时候就发生了变异，将头鲜叫成了现在的这个样子——透鲜。

透鲜是什么？是说一种食物鲜美到某种程度，类似于很鲜、极鲜，非常非常地鲜。

而头鲜，则带有抢先、争先、优先之意，其中还有得意、霸气、骄傲、自豪、荣耀等好多层意思在里面，二者大相径庭，怎么就混为一谈了呢，真是怪了。

再者，头鲜，在盐区还特指一种海洋生物——鲖蟹。

鲖蟹又名梭子蟹，是筵席上极佳的一道美味。

民间自古就有蟹过无味之说。即酒席上，只要是吃过鲖蟹，其他的菜肴皆没有味道了。可见鲖蟹之鲜、之奇！

当然，这里的头鲜，还泛指每年春天开海以后，盐河口所捕捞上来的第一网鲜鱼活虾。只因为鲖蟹是万鲜之王，头鲜之美名，便被鲖蟹独自给霸去了。

光绪二十年（1894 年）春，盐区沈家二公子沈达霖考中进士，恰逢那一年盐河口的鲖蟹上市。沈家老太爷沈万吉，招呼亲朋到他们家吃"皇榜宴"时，专门派人去盐河码头上购来数量众多的头水大鲖蟹。

那种青白两色的大鲖蟹（肚面儿白，背壳儿却是青梗梗

的颜色），在开水中煮熟以后，肚面仍然保持着冰清玉洁的样子，而背壳在沸水中却发生了变异，原本带有梅花斑点的、青梗梗的蟹壳，转瞬之间，便披上了大红绸缎——蟹壳由青变红（梅花斑点也不见了）。

那种蟹壳之变，有点像川剧变脸，锅盖一合一掀，蟹壳便由青变红。且，满锅都红！吃时，掀起"大红盖头"（蟹壳），露出米糕一样金灿灿的一大块蟹黄（有时，那蟹黄还会顶满蟹壳两端的尖角），掰下一只蟹螯，挑一坨蟹黄，蘸上事先备好的姜末、香醋入口，其鲜味，沁人心脾，令人欲罢不能，忍不住再去啄食那洁白如蒜瓣似的蟹肉，丝丝缕缕地盘绕在舌尖，舍不得咽下一小口，那鲜嫩的滋味，真是解馋。

此等美物，不是一年四季都能捕捞到的，苏北盐河口的那片海域，每年只在开春，即万物复苏时，渔民们才能捕捞到。那种季节性的海生物，如同农家期待麦收一样，前后也就是那么几天。过了那个时节，再想吃，只有等到来年。

而捕蟹时，谁家能率先捉到蟹、吃上蟹，称之为"吃头水"，又叫"吃头鲜"。这也正是头鲜的来历。

由此，盐区的商贾大户们，每到鲖蟹上市时，不惜重金，争相抢购，并以谁能抢到"头水"的大鲖蟹，而相互邀约、显其脸面。有道是："鲖蟹鲳鱼与对虾，海鲜入市争相夸。红笺到处邀春叙，多在盐区大户家。"说的是盐区大户人家，春汛时红笺相邀，品尝鲖蟹的景致。

沈万吉家的二公子，偏偏在那一年鲖蟹上市的时候考中进士。原本就想显脸的沈万吉沈老太爷，心里边一乐和，抛出高于市场数倍的价格，包揽了盐河口数家渔船上捕捞的鲷蟹。沈家的那种做派，有点像时下的"垄断"买卖。

当天，沈家宴请宾客时，厅堂里的各种美味佳肴，不必细说。光是大门外四口大锅轮番煮蟹的情景，就已经映红了半边天。

席间，几百号宾客，同时开扒那大红绸缎般的蟹壳，使筵席一片红艳。那叫一个喜庆、吉祥！而大门外，煮蟹的灶台边，接连摆下一溜儿长条凳儿，前来观热闹的乡邻、挑担赶路的过客，以及沿街乞讨的流浪汉们，都可以坐下来免费吃蟹。

那阵势，有点像盐区人家上梁建新房，鞭炮炸起时，向四邻抛撒糖果和热乎乎的小馒头，让周边人家也跟着沾沾喜气。

末了，沈家酒宴结束的时候，宾客们拱手离席，行至门厅，每人再送上一份伴手礼——一兜子红彤彤的大鲷蟹。

应该说，沈家的那场"皇榜宴"，因为赶上当年的鲷蟹上市，给沈家增添了许多光彩。

沈万吉之所以能想出用鲷蟹招待宾客，一是图个喜庆，他儿子一朝皇榜题名，沈家可谓是一步迈入官宦人家，盐区那些比他盐田多、门楼高的大盐商，以后再不会小看他沈万吉了；再者，儿子有出息，确实也值得庆贺，别说是花点银两请大家吃顿鲷蟹，就是宴请乡邻们三天，也心甘情愿；当然，更主要的是，沈家赶上了那一年的春汛，赶上了鲷蟹上市。

后人说，那一年盐河口所捕获的大鲷蟹，都让沈家给买去了。这话说得有些欠妥。可以想到的是，那年春天，前来沈家道贺的人比较多，沈家宴请的宾客比较多，盐河口所捕捞的上好虾蟹，被沈家人买去很多。不能说那一年盐河口所捕捞的大鲥蟹都被沈家买去了。盐区有钱人家多了去了，谁会买他沈家的账。

但是，有一件与鲥蟹有关的事件，却是真的。《盐区志》上记载：

民国九年，军阀张大头（自称张团长）坐镇盐区的时候，他有一房爱妾死于难产。张团长一面出于敛财，一面出于爱妾至深，他让部下张罗，把他爱妾的丧事办得体面一些。

由此，张罗丧事的人，四处传递讣告，挖空心思地筹备丧宴。其间，就有人想到了盐河口那独特的美味——鲥蟹。

可以想到，当天张团长为爱妾办理丧事时，鲥蟹上桌以后，那红彤彤的场面，同样是蔚为壮观。

殊不知，那场"红蟹丧宴"之后，手握枪把子的张大头张团长，一夜之间，把当天的厨子、张罗事宜的（司仪）都给灭了。

原因是，人家的丧事，他们给当成喜事来办了。

至今，盐区人家办丧事，一律不用那种开锅见红的大鲥蟹。

捧　火

　　杨家磨坊里的汽灯通宵亮着。但磨坊里已经没有多少豆谷可碾。好多时候,磨坊里的两盘石碾,只有一盘在"咯隆咯隆"地滚动。即便是那样,到了下半夜,街上行人稀少时,那盘勉强还在滚动的石碾也停了。天快放亮时,磨坊里再起响声,那是杨家的婆媳们忙着筛糠、过米呢。

　　杨家自从与曹家断了来往,磨坊里的活计少了大半。

　　曹家是开油坊的。

　　先前,曹家油坊里所用的豆坯,都是在杨家磨坊里碾的。杨家为揽下曹家碾轧豆坯的营生,曾专门请来南洋的工匠,组装了一台大石碾。

　　而今,曹杨两家闹翻了。

　　起因是杨家看曹家榨油苦钱(来钱),便借助自家的磨坊,购置了一台榨油机,就地榨油销售,直接抢了曹家的买卖。曹家一气之下,组装石碾,自轧豆坯。

　　杨家表面上好像无所谓,其实,杨家损失挺大的。你想嘛,石碾还是那石碾,磨坊仍旧是那磨坊,筛米、箩糠的程序,一样都没有减少。唯一减少的是曹家那份碾轧豆坯的资金"流走"了。

　　曹家油坊,采用传统的榨油模式,即套垛装坯、木杠压榨,前后已运作了几十年,拥有固定的客户,不在乎杨家那

132

"洋机器"的闹腾。反倒觉得杨家那样做非常好笑呢。

曹家降低售油价格，想挤垮杨家。

杨家凭借机械榨油的成本低，反倒把油价降到曹家的油价之下。曹家看杨家与其叫板，干脆一降再降。等到曹杨两家把豆油的价格降至大豆的价格时，双方都有些吃不消了。但都不服输，都在那坚挺着脖颈，看谁先倒下。

应该说，那时间的杨家，背负着磨坊无粮可碾、豆油赔本出售的双重压力，负担还是蛮重了。但是，杨家老爷子不认那壶酒钱（不服输），他鼓动家中男丁，个个都要打起精气神，出门穿长衫大褂、坐黄包车，下馆子时招呼齐满桌宾客；女人们要披金戴银，彰显富贵；后厨里见天要杀猪、宰羊，让曹家人摸不透他杨家的实底儿。

殊不知，此时的杨家，内囊已空。磨坊里的石碾大多时候都在空转。杨府里的这场假象，如同一个裸穿长衫的穷秀才，里面的马甲、短裤都已经典当了，仍然还要甩着长袖，装出斯文、优雅的派头来。杨府里，掌管内务的管家，可有些把持不住了。

这天清晨，管家想找杨老爷倾诉苦衷。

没承想，杨老爷在自家人面前也摆起谱来，出门上马车时，身边还要伴个小丫头来侍奉着。

管家不想当着下人在场，与杨老爷诉说家丑。所以，杨老爷挽着那小丫头从管家身边走过时，管家只是赔着笑脸，有一搭没一搭地修剪着路边的冬青树梢，丝毫没有表现出他有事要找杨老爷。

好在，杨老爷懂得管家的心思。

当日傍晚，杨老爷回来得早。管家倚门向杨老爷张望，杨老爷便直奔管家账房这边来了。

管家引杨老爷入座后，顺手把近期开销的账本摊开在杨老爷眼前。

管家不说哪笔账该花、哪笔账不该花，他只是指给杨老爷，大豆、玉米、稻谷的进项，以及豆油、稻米的售价。随之，将"进"与"出"差价，用红字在账本一旁的空白处标出来。

杨老爷很是入神地盯住账本，并用指尖儿，捋着账本上的"赤字"，一笔一笔地往下滑。忽而，杨老爷指着一笔"赤字"，问管家："我不是跟你说了吗，这个月的薪水，暂停发放。"

管家的笑容僵在脸上，很是为难地说："大太太房里的薪水不能扣（管家没好说大太太那边有话）。还有大少爷下馆子、出门乘黄包车的钱，都是提前预支了的。"

杨老爷紧拧着眉头，继续往账本上看。

看着看着，杨老爷不吭声了。他看到各房女人的手纸钱、水果钱、花线钱、脂粉钱，还有封窗户的油纸钱、烤火钱，大太太的铜手炉换成了银手炉的款项。每一笔开销，数目都大得惊人。

那一刻，杨老爷的眼神似乎是凝固了，他紧盯着账本，半天一动没动。许久，杨老爷搭在左肩头的右手，向管家伸出两个指头。

管家认为杨老爷想要支笔，把他要追问的账目记下来。没想到，管家把一支蘸水笔递到杨老爷手上时，杨老爷没有接。杨老爷伸直了两个指头，做出了一个钳夹的动作。

管家懂了，杨老爷想要一支烟卷来解解闷儿。管家立马掏出身上的香烟，极为熟练地划着火柴，给杨老爷把烟火捧上。

杨老爷向来不抽烟，且闻不得别人抽烟的烟味儿。此时，他叼着烟卷，只是轻轻地吸了一小口，还没有把烟雾往后嗓子里吸咽，便连声咳嗽起来。随之，杨老爷便把手中的烟蒂摁在了桌角上。

可接下来，室内的烟雾还在缭绕。

杨老爷误认为他手中的烟蒂没有掐灭，可扭头一看，是管家手中的烟雾在升腾。

原来，管家在给杨老爷递烟、捧火时，借机也给自己弄了一支。

平时，管家不敢在杨老爷面前吸烟。今天，他看杨老爷抽烟，便借机，或者说是就坡下驴，也给自己点上了一支。

管家的这个举动，让原本心中就很郁闷的杨老爷，更加添堵了。刹那间，杨老爷阴沉下脸来，莫名其妙地骂了一句："不是个东西！"

随后，杨老爷重重地合上账本，起身离去。

管家愣在那，半天不知道杨老爷骂谁。

重　托

　　盐区这边，最有名的画家是郝逸之，最出名的篆刻家是汪道能。他们俩弄不到一起去。汪道能瞧不上郝逸之那些浮在水面上的破画；郝逸之看不上汪道能刀尖下那些横七竖八的"蚂蚱腿"。

　　好在他们俩所追求的艺术范畴不一样，平时也很少碰面儿。

　　郝逸之主要是画盐河里的小渔船，以及盐河边的礁石、蒲柳、海鸟之类。盐区人家，但凡是沾点书香的，客厅里、餐桌上方，或大或小总要弄两幅郝逸之的画作挂上。

　　郝逸之除了画海边的渔船、海鸟，他还画水下的梭子蟹、大头鱼、对钩虾，以及吐水冒泡的各种花蚬子（贝类）。那些诱人胃口的鲜鱼、活虾，很适合挂在达官显贵的餐厅里。

　　汪道能练就的是指尖上的功夫，又称刀尖上的艺术。他能在方寸之间，雕刻出山水佛光；也能在楼、堂、馆、宇的门檐上、岩壁上，凿出"紫气东升""南无阿弥陀佛"等字大如斗的匾额和招牌。汪道能最拿手的是刻章。

　　盐区，历任县官到任后，其私人印章都是汪道能雕刻的。

　　汪道能有个远房的亲戚在县里做文书（类似于早年的红案师爷），专管县长的文件收发，官职倒也没有多大，但他行走在县府大院，县里面的事务，他总是最先知道的。此人与汪道能常有来往。前面几任县官的印章（含闲章），都是他从中搭桥，找到汪道能篆刻的。

民国早期，能到地方上任职的官员，肚子里大都有些墨水，好些还是晚清的秀才，他们舞墨弄枪，都有两下子。即使武官执政，也不排斥书香。所以，每任官员来了，汪道能都要精心雕琢几方印章送去。且不计报酬。事后，他那个远房亲戚，会变通途径，给他一些补偿。

现在想来，汪道能与他那位远房亲戚所做的事情，可谓三方受益。首先是刚刚到任的官员，屁股尚未坐在县太爷的宝座上，便有人送来了"一县之印"，那叫一个认可、舒坦。不亚于当下初次见面就送对方一个万元的"大礼包"。再者，就是汪道能那亲戚，他行走在县上数年，自然也想在官位上有所提升，给新来的官员送几枚印章，既容易被接受，又可以与新来的官员套上近乎。至于汪道能，他的受益更是不可估量。你想嘛，本地方的官员，行走文书，泼墨挥毫，都在使用他汪道能雕刻的印章，那叫一个长脸、荣耀！

有人说，汪道能的一枚印章，可以换三头骡子两匹马。这话不是没有道理的。好多人在酒场、茶肆里提到汪道能，都会把他的"官印"当作美谈。唯有画家郝逸之，没把他汪道能放在眼里。

在郝逸之看来，汪道能那两下子，摆不上台面儿。

郝逸之早年在天津卫开过画店。当时，是盐区在京做官的沈家二公子沈达霖帮了他一把。所以说，郝逸之是见过世面，也是见过官员的。他汪道能的那点套路，在他郝逸之看来，太好笑了。

郝逸之会画画，也会写字、刻章，甚至装裱他也在行。

而汪道能只是写字、刻章，他不会画画，这与郝逸之相比，如同四条腿的板凳少了一只腿。所以，汪道能没法与郝逸之相比。但是，汪道能的书法比郝逸之见功夫，这在盐区是公认的。所以，他们两个人谁也瞧不起谁，也正常。文人相轻，古来有之。

问题是，郝逸之在盐区的名气太大了，处处罩住汪道能。外面来求画、购字的，或是盐区这边的文化交流，大都是奔着郝逸之来的。好些书画界的活动，汪道能都是过后才听说的。文人被鄙视到这一步，那种苦涩与酸痛，恐怕只有自己知道了。

所以，汪道能另辟蹊径。郝逸之越拿他汪道能不当盘菜，汪道能越要把他的"菜"做到官府里去，做到厅、堂、庙、宇，给你刻在匾额上、雕琢在石头上。怎么的！

民国十六年（1927年），盐区新来了一位县官，姓郑，名之轩。此人行伍出身，斗大的字识不了几个，但做事情倒也干净利落。初到盐区时，赶上海潮溃堤，亟须一笔资金来"补救"。而此时，汪道能为其特制的一套印章，恰好呈到了郑县长的手上。其间，汪道能那位亲戚，自然要在中间向郑县长表功一番，说此人的印章如何珍贵，云云。

行伍出身的郑县长，一听说此人的印章很值钱，脑袋瓜子一拍，说改日把那套印章，还有前面几任县官留下的闲章之类，统统拿出来，同时再邀请书画界的一些名流，捐献些字画，搞一次拍卖（类似于当今的义卖），所拍卖到的钱，将全部用于修筑海堤。

消息传出，郝逸之知道该是他露一手的时候了，省得那位不知道盐河里水深水浅的汪道能整天在县衙里唱"独角戏"。郝逸之精打细磨了一幅八尺整张的画作，想必是要在拍卖会上独占鳌头。

可郝逸之怎么也没有料到，拍卖会的当天，他那幅八尺整张的《鱼虾满舱》，竟然没有拍过汪道能一枚指盖大小的印章。

这是郝逸之万万没有料到的。

汪道能呢，被人抬到了艺术巅峰以后，本该大展宏图。可他一改常态，就此金盆洗手，再不为他人写字刻章了。包括后来县衙里又有新官到任。

有人说，汪道能名气大了，一字难求；也有人说他那是故意"压字"，以求将来把自己的印章、书法卖个更高的价儿。

可事情的真相，只有汪道能自己知道。那次拍卖会，他可算是伤筋断骨了。他怕自己的印章无人认购，同时保全他那个亲戚在县长面前不失言，重金雇来外乡的"拍托"。当场，是给自己长了脸面。可事后，汪道能捏着鼻子，付给那"拍托"十六亩上好的盐田——几乎倾家荡产。

渡　口

　　旧时，盐河上桥梁不多，渡口倒是一个接着一个的。但凡是河边有人家居住的地方，或大或小，都要搭一两处渡口。

　　设置渡口，要先建码头。

　　盐河上好多码头，都是大户人家为方便出行，自家出钱搭建的。如沈家码头、杨家码头、谢家码头，都是名噪一时的石板码头，可壮观呢。还有的码头，是以木头、石板搭建，它们多以地标或某个特殊物件儿来命名，譬如三道沟码头、一棵树码头。想必那地方要绕过三道沟，或是长着一棵树的。

　　有人问："你从哪边过来的？"

　　回答："一棵树。"

　　无须说是一棵树码头，听的人自然会知道你是从一棵树码头那边过来的。

　　盐河上游，还有一处渡口叫窑家渡。

　　窑家渡，叫全了应该是窑家渡口。但是盐区人叫习惯了，就叫窑家渡。不承想，那样叫久了以后，倘若谁再叫出个窑家渡口来，听的人反倒半天悟不出那是什么地方了。

　　窑家渡，不是窑姓人家搭建的渡口。起因是那地方有一处泥瓦窑。

　　泥瓦窑，是乡间烧制泥盆瓦罐的土窑。如今，已经没有那样的窑口了。但那时间烧制的冥盆子，至今还在盐河两岸延用（用于给死人烧纸）。倒不知，当下那些烧纸用的冥盆子，是从哪里购来的，又是何人在烧制？

当年，在窑家渡口烧制土窑的是一户陶姓人家。

陶家父子是何时来此地烧窑的，无可考。此处，是先有渡口后有土窑，还是先有土窑后建渡口，也无人知道。南来北往的船客，都知道划船的艄公姓胡名全。

"胡全！"

"胡——全——"

河对岸要过河的人，看胡全不在船上，就知道他跑到陶家土窑那边看呆望傻去了，便站在河对岸的小码头上，扯着嗓子高一声、低一声地喊他。

胡全呢，看对岸是一个人站在那儿，他会磨蹭半天。甚至磨蹭半天以后，再反过来问对方："你买盆，还是要罐？"

河对岸，有胡全一间茅草房。

胡全是个光棍，但他有个相好的，好像是芦家沟那边一个老寡妇。平时不怎么来往，只是到了阴雨天，或是月黑风高的夜晚，过河的人少了，他会往芦家沟那边跑。

平日里，胡全就守在窑家渡口那儿。无人摆渡时，他会把陶家父子烧制的泥盆子、瓦罐子，用船只装载一部分到他的茅屋那儿，方便河那边人家购买。两边价格都是一样的。用当下的话说，胡全那是替陶家父子在河对岸开设个代卖点。

陶家父子就地取材，先脱坯，后烧制。刚脱成的泥坯，带点狗屎黄，可装窑烧制以后，瞬间就会发生窑变——变得乌黑一片。

所以，窑家渡口两边，见天摆着一片片黑乎乎的泥盆、瓦罐。那些都是陶家父子白天黑夜忙活出来的。

那些黑盆、黑罐，薄如瓜壳，脆赛甜梨，细心的人家，用上个三年五载，便会磨出乌黑锃亮的包浆来。但，不经磕碰，一碰就碎！

所以，陶家的"泥货"，近不得闹市，但也不能离开闹市。一般是选集市的外围，与河滩上卖芦席、售草鞋的摊点紧挨着。不能和骡马行靠得过近，尤其不能和卖鞭炮的摊点连在一起。那样的话，鞭炮一响，惊起了骡马，摆在河滩里的盆盆罐罐，可就自身难保了。

有一年，一家卖鞭炮的，在河滩上示范（点燃）他的"二踢脚"。

所谓"二踢脚"，就是一个鞭筒里藏着两个炸响的那种大鞭炮，"嗵——"一声，在地上炸出一团青烟后，随之将另一节待炸的炮筒推向高空，并在空中再炸出一团青烟。

可当天，演示"二踢脚"的那主儿，不知是专门想出洋相（制造卖点），还是手中的鞭炮拿歪了方向，一下子将空中的那一响，炸到陶家父子的瓦缸里了。"咣——"一家伙，瓦砾四射，盆盆罐罐击碎一片。

回头，对方来赔偿，陶家老爷子将半道上颠破了的几个泥盆子，也都算在对方炸坏了的账上了，同时还把价格稍微往上抬了一点。那一车货，不但没赔，还赚了！

陶家那些泥整火烧的玩意儿，极难搬运。一般不用平板车装载，只能选独轮车。因为，平板车是两个轱辘，遇到路面不平时，车身左右摇晃，上面堆砌的盆盆罐罐就会往下滚落。再者，那时间盐河边的道路狭窄。唯有独轮车方能行走。

这样说来，陶家父子运送泥盆瓦罐，便是一项冒险、抖技能的差事，不亚于耍杂技的艺人走钢丝。

有一回，陶家老爷子推着一车叠加如小山一样高的泥盆、瓦罐，去芦家沟赶大集，路过一道沟坎时，脚下一滑，满车的盆盆罐罐，瞬间掀翻到两丈多深的沟坎里了。

收拾残局时，陶老爷发现还剩下几个泥盆子、大罐子没有跌碎。

按理说，就那几只泥盆子、大罐子，拿到集市上也能换些钱。可此时，陶老爷子犯了忌讳。他觉得那满满当当的一车泥盆瓦罐都碎了，只剩下那么几个"灾星"家伙，大眼瞪小眼地望着他，如同看他笑话似的。当下，陶老爷子气不打一处来，弯腰捡起石块，一一将其击碎。然后，昂起头，极富大将风度地抖起精神，推起空车，扬长而去。

此事，陶老爷本想压在心里，对谁都不讲。

可没想到，转天划船的胡全，拎着几个盆底子找上门来了。怎么的？原来陶家父子与胡全有个约定，他将陶家的泥盆瓦罐装载至盐河南岸代卖时，中间的损耗都是陶家的。包括装卸、运送时跌打碰坏了的物件，只要拎个"泥底子"来（泥盆瓦罐的底子厚，一般不会坏），陶家父子都会认账。

但，这一回胡全拎来的，恰恰是陶家老爷子在芦家沟翻车时，他用石块亲手击破帮口的那几个。陶老爷子当时就认出来了，但他没有当面说破。

事后，胡全过来蹭茶水喝时，陶家老爷子倒是有一搭没一搭地提到他在芦家沟的那次车祸。

　　当时，胡全刚把一口热茶吞入口中，好半天他都不知道那口热茶他是怎样咽下去的。

捕　鸟

事情的起因，源于孩子们雪天里捕鸟。

入冬以后，连着几场大雪，近海水域的沟湾河汊子里，都被厚厚的冰雪所覆盖。许多捕食鱼虾赖以生存的海鸟，一时间无处觅食，便飞向村庄场院的草垛、牛棚马厩，寻找草料中残存的谷粒、草籽儿吃。

盐河边的孩子，熟知海鸟的习性，专门选在大雪天，在村头的场院里支起击鸟的拉杆，捕捉那些急于觅食的鸟儿。

捕捉海鸟的拉杆，做起来挺简单。棉团一样的雪地里，扫出一块扇面状的空场子，竖一根木桩为支点，再横放一根可以横扫"扇面"的棍子，扯出长长的绳索，并在所清扫出的"扇面"上，撒上鸟儿们爱吃的稻谷、高粱。有时，也放些海鸟们喜食的小鱼小虾。然后，扯紧绳索躲到暗处，专等鸟儿落下来啄食时，猛地一下拉"扫杆"，将鸟儿们瞬间击伤、击毙。

那种捉鸟方式，有点像古文里所说的守株待兔。更形象一点说，如同两军作战时打伏击，隐蔽好的一方，设下伏击圈，躲藏起来，专等敌人贸然闯入阵营以后，一举而歼灭之。

海边的孩子，都会玩那种捉鸟的把戏。且懂得被击伤的海鸟，不能盲目地靠近。它们野性十足，至死嘴巴都不软，垂死挣扎的时候，还会扑打着翅膀跳起来，专啄你的眼睛。

中华人民共和国成立初期的某一年冬天，盐河北乡的一群孩子在场院里捕鸟，本村田寡妇家的儿子田小坡，冒冒失失地跑到场院来滚雪球，一不小心，绊着人家布下的绳索。

当时，田小坡就意识到有人在捉鸟。果然，远处乱草堆里冒出一堆小脑袋，挑头的是一个高个儿，名叫胡大刚。他骂骂咧咧地斥责田小坡破坏了他们捕鸟的拉杆，呵斥他，赶快去把他们的"扫杆"恢复好。

田小坡原本是个怕事的孩子，且懂得绊了人家的"扫杆"是不对的。但他没有料到，在他去恢复对方"扫杆"时，胡大刚那小子起了坏主意，趁田小坡尚未走出"扇面"，猛地一拉绳索，瞬间将击鸟的棍子打到田小坡的腿上了。

当下，田小坡就捂着脚踝子倒在雪地上了。

对方，却一脸得意的坏笑。

吃了亏的田小坡，明知道自己势单力薄，不能与人家抗衡，可他嘴上不甘示弱，他在对方围上来嘲弄他的时候，紧咬着牙根，放出一句狠话，说："你等着，等我台湾的舅舅来了，先杀你胡小刚，再杀老胡昌。"

田小坡所说的胡小刚，不难理解，就是眼前这个拉动绳索击打他的胡大刚。此时在田小坡看来，什么胡大刚，他那种做派，分明就是个刁钻的小人。所以，喊他胡小刚，是藐视他的意思。而老胡昌又是谁呢？说出来吓你一跳，他是中华人民共和国成立后盐区北乡第一任大村书记，是胡大刚的父亲。

时值中华人民共和国成立之初，国民党潜伏在大陆的特

务蠢蠢欲动，福建厦门沿海，每天都在向金门开炮。台湾与大陆的关系，可谓紧张到箭在弦上的地步。他田小坡却在那样的时候，说出他有个舅舅在台湾，而且是期盼他来到大陆，大开杀戒。这还了得，这是极其危险的敌情信号。

身为大村书记的胡昌，政治觉悟很高，当即派人监视田寡妇的行踪，并暗中派出调查组，前往田寡妇娘家那边去深入了解情况。很快，问题找到了，田寡妇确实有一名远房的堂兄，在解放军打过长江的时候，跟着老蒋去了台湾。

这下，问题严重了。

一夜之间，田寡妇成了隐藏在人民内部的女特务。先是将她关起来，逼她交代与台湾方面的敌情动态，紧接着就是大会小会地开始批斗。同时，还鼓动周边的人与田寡妇划清敌我界限。

田寡妇呢，原本就是个寡妇，身边唯一的亲人，就是那个给她挑起祸端的捣蛋儿子。好在，当时田小坡年纪尚轻，虚岁不足十一，属于青少年可教育的范畴。考虑到他口出"敌情"，是母亲田寡妇教唆的结果。所以，在处理田小坡的问题上，给他摆出两条路。其一，是站在母亲的一边，成为台湾特务的狗崽子，让人民再踏上一只脚，永远不得翻身。其二，是站在劳动人民一边，与母亲彻底决裂。这个决裂，不光是口头上表决心，而是要付诸行动。

田寡妇想给儿子留条生路。于是，她鼓动儿子，在批斗大会上，可以掴她的耳光，也可以找根棍子击打她，以表明他与母亲决裂的态度。在田寡妇看来，一个十岁左右的孩子，即使是抡起棍子打过来，也不会有多疼痛。

但是，田寡妇没有料到，在那个激情燃烧的岁月里，儿子的斗志异常高涨。批斗大会进入高潮后，田小坡拾起事先为他准好的一根粗壮的棍子，怒不可遏地冲着母亲的腰部打来。当下，田寡妇就瘫在地上了，随之，大小便失禁，屎尿都屙在裤裆里了。田小坡为此赢得了台下一片雷鸣般的掌声。

问题是，娘的腰再也直不起来了。

好在，田小坡就此落下个可以培养的好苗子的名头。以至于，这以后盐河两岸再开批斗大会时，田寡妇被人揪着头发押上台时，田小坡却披红戴花，与各级领导像模像样地坐在观摩席上显风光。

那样的时刻，人们都觉得田小坡将来一定会成为红色的革命接班人。

可令人意想不到的是，六年以后，也就是田寡妇死后的当年秋天，田小坡选在一个月黑风高之夜，纵火烧了胡大刚家的两间草屋。随后，又把生产队的草料场给点着了……

艒 夫

刘喜是个艒夫。他昼夜守在西艒口那儿，给行人搭桥，帮船只引渡。而今，守艒口那职业没了，艒夫自然也就没了。

艒口，类似于渡口，又不是渡口。同样是一河隔开两岸人家，可渡口上有码头，有船只穿梭在河水两岸，而艒口，两边建桥墩，像桥不是桥。艒口上面的艒板，如护城河上那跳板，可以拉升起来。但护城河上那叫跳板，而艒口上面的跳板不叫跳板，叫艒板。

原因，艒板下可以行船，跳板则不能。

刘喜的职责，就是守着西艒口，看船只过来了，将艒板"咯吱咯吱"地升起来。瞅河两边有行人等艒，他再"吱咯吱咯"地将艒板放下来。

刘喜住在艒口东侧的一间小茅屋里。那小屋两面开窗，一面朝着河道（可见河里行船），一面正对着路口。他盘腿坐在屋内的小床上喝酒、嚼花生米，就可以看到路口有没有行人要过河。

刘喜每天要做的事情，就是通过窗外那个横跨马路两边的龙门架，搬动滚筒上的绳索，将艒板摇起来，再放下去。

这城池，东面临海，北面是一条宽阔的通海大河，打东南盐田延伸过来的那条运盐河，绕至城西以后，望见城北的大河，掉头投奔过去，恰好就把城里人家"圈"在水中了。

小城里人要想出城，要么乘船出海远行，要么就从西艒口那儿出去。

刘喜呢，一个喜欢吃猪头肉、嚼花生米、喝"大麦烧"的鳏夫，每天喷着满嘴的酒气，"嘎巴嘎巴"地嚼着花生米或猪耳朵干，在那儿"咯吱咯吱"地升降艒板，看到哪家好看的媳妇过来了，他还会哄骗人家，说："船只马上就要过来啦！"故意让人家在他的窗口多站一会儿。

回头，真有船只来了，他反而不急着给人家起艒了。他蹲在艒板上，与船客们搭话，问人家：

"大浦过来的吗？"

大浦是渔港码头，从那边过来的船上，都有鲜鱼、活虾、青壳蟹。

回答："盐场过来的。"

他知道盐场过来的船上没啥好吃的，便会放下一只牛眼大小的吊篮，让人家抓两把白花花的海盐给他。说是自个儿要腌咸菜，其实他转脸就拎到对面餐馆里换酒喝去了。

常跑西艒口的船家，都了解刘喜，每逢路过，备两条活鱼给他，起艒可快。有熟客，还能从船上"噌"一下，将两块茶砖或事先用荷叶包好的牛板筋，直接从那临河的窗口扔给他。

刘喜每天嘴里喷着酒气，在西艒口两边走来晃去。无聊时，他也会到对面餐馆里帮人家杀羊、捉猪，或是坐到旁边一家小店门口帮人家折叠烧纸。刘喜手劲大，一刀砖头样厚的火纸到他手上，如同摆弄瓜皮、树叶似的，上下一摇一晃，就摇晃成扇面一样了——便于折叠。

这城里死了人，都要通过西舣口，抬到河西的滩涂上埋掉。所以，西舣口那边，与刘喜为邻的，有两三家小店，专卖死人用的烧纸、瓦罐等冥物儿。

先前，河西的滩涂上是没有人家的。后来，沭阳、临沂那边的"跑脚汉"（出苦力的），在河西那边搭"地笼"砍大柴、拓荒种菜，慢慢地晚间便有了灯火。但刘喜很少为河西人家专门起舣，尤其是夜间，若是河西那边有人要进城，刘喜会板起脸来问："这么晚了，还进城干什么？"

对方回答："打火油。"

刘喜摆摆手，说："收舣了。"言下之意，你回去好歹凑合一晚上吧。刘喜知道河西人家不读书、不绣花，晚间有没有火油无所谓。

若赶上对方是抱着孩子等在舣口，刘喜就猜到那孩子生病了，急着进城瞧医生。那样的时候，刘喜也就不说什么了。但有求于刘喜的那户人家，考虑到夜间唤起刘喜起舣怪难为情，多少会扔两个铜板给他。

西舣口的舣板，每到晚间都是升起来的。便于船只夜间自由航行，同时还可以防止城外的蟊贼借助夜色入城行窃。

天亮以后，舣口两边最先过舣的多为河西菜农，他们把时令的青菜、瓜果，早早地挑至舣口。刘喜呢，知道那些菜农都是下苦力的穷人，对方给他些青菜瓜果，他也不多要，够一两顿下酒菜也就罢了。但刘喜对外乡来卖狗皮膏药、专治麻风病的江湖游医们，就没有那么宽容了。

那些江湖游医，凭一张巧嘴吃遍四方。他们在刘喜的艬口处张贴小广告。刘喜不允许他们把龙门架贴得花里胡哨的。刘喜给他们指定一处地方——艬板底下。

别看那是艬板的另一面，那可是艬口处最显眼的地方。你想嘛，艬板升起时，那些张贴在艬板下面"专治牛皮癣"之类的小纸片，如同一个牙口不好的人去看牙医，瞬间张大嘴巴，满口的虫牙、蛀牙、豁牙，还有口腔溃疡啥的，都暴露出来了。

现在想来，刘喜的那个创意，还是蛮好的。一来净化了城市环境，二来刘喜可以从中讨一点收入。但凡在那艬板底下张贴宣传单的人，多多少少都要给刘喜一点好处。河边开餐馆的厨子，手指头被刀具碰破了，找到刘喜这儿，总能寻到江湖游医们留给刘喜的止血药面儿。刘喜守在那艬口，什么人都交，可谓白道、黑道，他都通。

有一年冬天，河西窜来一股土匪，进城抢了一户人家。

天亮以后，官府追查下来，发现那伙歹徒来去无踪，办案的差役便怀疑刘喜通匪——给他们放艬板了。

刘喜说他是冤枉的。

刘喜说，土匪们进城打劫，自有他们一套办法，并非像常人那样，都要通过他的艬口入城。

差役们想想，刘喜的话并不是没有道理。于是，告诫他一番如何守好艬口的话语以后，就把他放了。

可转年春天，那伙歹徒被官府捕拿，当真就牵扯上了刘喜。

原来，那伙歹徒午夜入城时，一人装病，骗过刘喜放艒。出城时，又塞了点银子封住他刘喜的口。

现在，案件破了，刘喜被认定为帮凶。

刘喜觉得怪委屈！

就 医

家里来了亲戚，摆桌子吃饭时，半大点的孩子是最欢腾的。他会跟大人抢座位、争椅子，攀在大人们的腿上，要吃这个、夹那个。还会在娘的怀里撒娇，再到爷爷、奶奶这边，甚至是小姨、小姑、小舅舅的怀里去闹腾个没完。

盐区人说的半大点的孩子，应该是指刚离奶头的男孩子，年龄嘛，多不过三五岁，具体是哪一个年龄段，也没有明确的说法。邻居家的孩子，跑到对门厮泡屎，那户人家自然会很不高兴。但旁边有人会说："半大点的孩子，啥也不懂得的。"言下之意，随他吧。听到那样的说辞，不用问，那孩子也就两三岁的样子。同样的事情，倘若说："那孩子都半大不小了，怎么还在人家门前厮屎呢。"这话，说明那孩子至少有四五岁了，接近半大孩子的上限了。但仍然称之为半大的孩子。

套娃三岁半的那年夏天，他的小舅舅在江宁府读书回来度假。当时，套娃的爸爸带着船队下南洋去了。大盐商谢成武作为套娃的爷爷，设宴款待套娃的小舅舅。同时把套娃的外公、外婆也都一起请上了。

盐区这边请客吃饭，挺讲究。提前三天，送来请柬，那叫请。隔一天（请客的头一天）告诉你，称之为叫。如果当天派人来喊，那叫"提溜"。被"提溜"去的客不为客，多数是来陪客的。

而套娃的小舅舅从江宁府回乡，谢家那边自然是提前几天，就把帖子送过来了。

谢家老爷子，打着宴请套娃小舅舅的旗号，同时宴请到套娃的外公、外婆。一则是双方亲家见个面，两家人一块吃顿团圆饭；同时，也是弥补套娃爸爸不在家的缺憾。如果套娃的爸爸在家，这样的事情，也就用不着他谢老爷子出面张罗了。

眼下，谢家老爷子出面宴请，自然是给儿媳妇好看，给套娃的外公、外婆长脸呢。

谢家门户大，摆起酒宴来极为排场。正厅里七盘八碟，高朋满座。厨房里，还专门为抱猫、遛狗的下人们摆了一桌，以至于当天家中的猫呀、狗的，也都吃上了小鱼拌饭、嚼上了带肉的骨头。套娃呢，先是在娘的怀里爬上爬下，随后被小舅舅抱了过去，吃了桌子上这样那样的菜肴以后，又跑到外公、外婆的怀里去翻腾。

那场酒宴，名义上是为套娃的小舅舅摆的，可当天最欢腾的，还是谢家的那个宝贝疙瘩——套娃儿。

"套娃儿，过来。"

套娃的妈妈看孩子在外公、外婆那边太闹了，想喊他过来，让外公、外婆歇会儿，可那小家伙被众人宠着，哪里还听得进妈妈的话哟。

外婆指着桌子上黄酥酥的炸鱼条，问他："吃这个？"

套娃摇摇头。

外婆又指一盘蟹黄豆腐："吃这个？"

套娃摇摇头。

等到一盘小红萝卜转到跟前时，套娃儿忽然伸出小手，说："我要吃这个。"

外婆知道，套娃那口小奶牙，是咬不动那小脆萝卜的。他一准是觉得那算盘珠大小的小红萝卜好看、好玩，才伸手要那个的。外婆顺手用筷子夹了盘中最小一个，放在套娃的小手里，让他玩耍。

殊不知，套娃接过去玩耍了一会儿，便在大人们推杯换盏的时候，把它放进口中了。

刹那间，外婆只感到套娃在她怀里猛一打挺儿，随之发现孩子的舌头，就像秋天残存在树梢上的一枚小红叶似的，打着卷儿伸出来，紧接着"呕呕"了两声，孩子的眼睛就瞪大了——萝卜卡在食管里了。

最先做出反应的是套娃妈妈，她的脸色刹那间变得煞白，她把套娃抢过去，一边大声地叫着："套娃，套娃！"一边拍打着孩子的后背，让他头朝下去吐。

"套娃，你吐，你吐——"

那一刻，满桌的人，谁都没有看到套娃妈妈是怎样从酒桌这边，眨眼之间就跑到对面的，她把套娃抢到怀里，不停地摇晃套娃，声嘶力竭地呼喊：

"套娃——"

"套娃，你吐——，你吐呀——"

"套娃——"

不管套娃妈妈怎样呼喊，怎样摇晃，那孩子就是没有反应了。那萝卜，卡在孩子的食管里，吐不出来，也咽不下去。

"快去天成看医生！"等谢成武撩起长衫，从酒桌前站起来，满桌的人都乱作一团。套娃的奶奶、妈妈、外婆早已经哭出了声音。而此时的套娃，好像脖颈已经软了。

接下来，孩子送到天成后，天成大药房的头柜德昌，一看是大盐商谢成武家的长孙出了事情，慌忙推开手边的事务，蹿上来就把孩子抱进了抢救室。

那时间，孩子的脉搏已经没有了。

可德昌没有放弃，他一面招呼天成里的大先生们奋力抢救，一面安慰谢成武的家人，让大家不要惊慌，说他们会想办法的……

德昌是天成的掌门人。可他的医术并不是天成里最好的。

此刻，德昌调集来天成里医术最好的几位大先生参与抢救。结果，还是无力回天——孩子没有任何生命迹象。

德昌不言放弃，他让参与抢救的几位大先生再想想办法。同时，他伺机向外面透露出一点不好的信息，说孩子的情况不是太好！

但德昌又说："还在抢救中。"

接下来，德昌一会儿门里，一会儿门外，时而传递出一个比一个不好的消息（类似于今天的《病危通知书》）。等到德昌正式宣告孩子死亡时，门外早已经哭声一片。

次日，天成大药房的早会上，平时与德昌有过节的人，便拿头一天谢家的事说事，质问德昌，谢家那孩子，送来时就已经停止心跳，为什么还要糊弄人家。言下之意，他德昌作为天成的头柜，变着法儿哄骗病人，很不称职。同时也是在浪费天成的人力与财力。

德昌在天成头柜的位置上，已经做了十几年，他知道背后有人在搞他。

但此刻，德昌沉思了一会儿，承认救孩子是假象。但他话锋一转，说："如果那孩子送来时，我们就宣布死亡。他的妈妈、爷爷、奶奶、外公、外婆，说不定当场会出个啥事情……"

一番话，说得大家都沉默了。

死 谎

狗瘦，本意应该是说狗很瘦，或指某一只很瘦的狗。

可我这里提到的狗瘦，是指一个人，一个杀狗的，一个凶巴巴、瘦筋筋的小老头。他眼球外鼓，背微驼，好酒，团团的脸，整日喝得像只霜打的红柿子，见天斜披一件破旧的长衫游走在街上，如同谷子地里一架迎风摇摆的稻草人。只因为他瘦，又是个杀狗的，人们免去他的姓氏，叫他狗瘦。

这称谓，看似风马牛不相及，可有人这样叫出来，偏偏人人都能听明白。久而久之，狗瘦这名字就叫开了。但是，此名只能背地里说，不能当面叫。谁若冒失了，当面叫他一声狗瘦，他猛回头，凶巴巴地瞪你一眼，顿时，让你毛骨悚然！

狗瘦的眼神里，潜藏杀机呢。

每年，入冬以后，狗瘦会在盐河两岸的村街上收狗、杀狗。

村庄里的狗，闻到他身上的气味，老远就会狂吠起来。而且，一只狗叫，全村的狗都跟着叫。好像狗们齐心协力，要把他赶出村庄似的。

可，适得其反，狗的叫声，恰好提醒狗瘦：那户人家有狗。狗瘦会盯住狗的主人和那只虚张声势、狂吠不止的狗，问："卖不卖？"

对方的回答无论是卖还是不卖，狗瘦的眼睛总是会在狗的身上和那户人家女主人的脸上瞄呀瞄，甚至会告诉人家那狗，能出几盆肉。

狗瘦杀狗，也卖狗肉。但他不卖生狗肉。

狗瘦把狗焯熟了，连汤带肉装在盆子里，让狗肉与汤汁凝结成凉粉一样，再挑到集市上，一块一块切着卖。回头，狗肉卖完了，他双手反剪在身后，斜背着一根绞狗棍，沿村一路收狗。

哪户人家若要卖狗，他先是贬低人家的狗瘦，出不了多少肉（狗瘦的绰号，有可能从此处得来）。随后，他会低低地给出一个价儿，双方讨价还价。狗瘦先是沉默不语，随后抛出一根带滑扣的绳索，让主人把狗套上，那狗，就算是死到临头了。

接下来，是狗瘦与狗搏斗的环节，也是狗瘦缚狗最为关键的一步。其绳扣套住狗后，不等狗反应过来，狗瘦手中的绞狗棍，如同老太太捻线坨，眨眼之间，就把那绳索缠到狗的脖颈处。

此时，狗与狗瘦，只隔一根棍子的距离。且，狗在棍的那端，狗瘦在棍的这头。二者搏击的优势，明显掌控在狗瘦一方。他将绳索缠到狗的脖颈时，会将手中的棍子往地上一横，随之一脚踩上去，当即将棍子压在狗的脖颈上。此刻，狗纵然有天大的能耐，也只能四肢腾空，乱蹬一气儿。

狗瘦压住狗，反倒不急了，他一边踩住棍子往狗的那一端移动，一边与狗的主人以及看热闹的婆娘们说些浑话，待他的双脚踩到狗的脖颈时，只见他顺手从腰间拽下一根米粒粗的麻线绳，看似对狗很仇恨的样子，弯腰将那线绳从狗的口中勒进去，直勒到狗的两只獠牙后面，陡然用力，上下缠绕，将狗嘴扎牢实后，便松开棍子，让狗从地上站起来。

此时的狗，面露凶光，仇视狗瘦。但它很快又会四处张望，"哼叽哼叽"地寻求它昔日的主人。可那时刻，哪里还有它主人的身影哟。主人收了狗瘦的钱，不忍心看狗瘦缚狗的场面，早躲到一边去了。

那只面临死亡的狗，被狗瘦拽着，亦步亦趋地往村外走。

狗瘦杀狗，从不在主人面前动手，多数选在村外的小河。尤其在河边遇到渔夫们向他讨要狗血时，他当场就把狗给宰了。

狗血不像猪血、牛血那样，可以弄成"血豆腐"食用。民间有"狗血不成大料"之说。它只能用来染渔网。

旧时，盐河边渔夫们用的渔网，多为麻线织成，浸过狗血后，可离水、减少吸水量。所以，狗血倍受渔夫们的喜爱。狗瘦以此可以换取人家鱼篓里活蹦乱跳的鱼哩。

狗瘦杀狗，也杀牛、杀猪、宰羊。赶上年节，盐区的大户人家，排着队请他去"动刀子"。

但，不管是杀猪、宰羊，狗瘦只要一盆血，算是报酬。其间，他要帮人家把所宰杀的牲畜剥皮、剔骨、倒肠。主家管他一顿荤汤肉水的酒菜。

有一年，他在盐河湾一户人家收拾一头病死的牛，骨肉尚未剔完，他就感到胸闷、恶心，随即，口吐白沫，趴在地上，倒腾两下腿脚便死了——染上疔毒了。

疔毒，是牛身上一种独特的病症，病变的部位，如血豆腐一样，红乎乎，硬邦邦，煮不烂，炖不透。那东西传染人！

狗瘦的家人，把狗瘦的尸体抬回来，怕毒气扩散，连夜打个席捆子，草草地将他埋入村后一处荒草地。

中华人民共和国成立后，政府统一规划墓地，先前散葬各处的坟墓，一律要挖出尸骨，重新安葬到后岭上。

临到狗瘦的那座坟墓时，狗瘦的后人不靠前，村里人都不敢靠前。人们怕坟墓中的"疗毒"死灰复燃。

由此，没人敢动狗瘦的墓。

后来，村庄不断扩大，狗瘦的墓地被围在村庄内。小村里，一代又一代的后生，都知道那个土堆是狗瘦的墓，都晓得里面有疗毒，都不敢动它，反倒把墓内的疗毒，传呼得神乎其神。

有人说，狗瘦墓穴内，当年染上疗毒的那块肉，至今仍像一块血豆腐，鲜艳欲滴！并说那块毒肉，千年不腐，万年不烂。谁若动其墓，毒气就会扑向谁！

可墓中真正的秘密，只怕连狗瘦现时的后辈们都难以知晓——狗瘦并非死于疗毒，而是被人用棍棒打死的。

当年，即狗瘦在那户人家屠牛时，剔骨、剁肉至午夜，与女主人（一个老寡妇）滚上床，被人家小叔子捉到，一棍子打到他头上，当场将其敲死了。

狗瘦的家人前去收尸，感觉此事张扬出去，有辱儿孙脸面，谎说其解牛时染上疗毒，将尸体拉回来后，家门未入，连夜草草掩埋了事。

弹 火

沈家正厅，两扇内镶银色玻璃的方格雕花木门，被人用两道交叉着的纸条封上了。二进院的房门也随之被封。等到有人持封条，准备封其临街的院门时，就看到沈家留守的大太太被人押着，从沈宅迎壁墙右边出来了。

此时，大太太已没有往日的珠光宝气，她头发凌乱，脸上的表情，如同昔日里丫鬟、姨太们偷睡了她屋里老爷的热被窝一样无奈、凝重。

大太太被赶出沈家大院。这是那个时期，地主老财们应得的下场——扫地出门。

有人指给她，前院的马厩，是她的临时住所。

此时，马厩里的骡马如同他们沈家数以百计的家丁、女仆一样，都被"解放"了。马厩的地面上，残存着骡马踩在粪便上的蹄印，一些散落的豆瓣、草梗和发红变紫的高粱米粒儿，在牛屎、马尿中发酵变质，不时地散发出令人作呕的臊臭。

大太太知道她别无选择。

好在，在墙角有人用砖头、木板临时为她支了一张小床，上面铺了些松软的稻草。想必，这是马夫阿福帮她搭建的。这个老奴才，东家大难临头，他还不离不弃，算他有良心。

大太太把手中装衣物的包袱扔到床上，随后，她一头倒在那吱凌凌作响的稻草中。大太太几天都没有合眼了，此时，深感身心疲惫。眼下，虽说是净身出户，可总算尘埃落定。她脸朝里墙，任凭外面嘲笑与喧嚣，她一概不顾。

后来，屋内漆黑一团，大太太知道已经是夜里了。

时值深秋，夜凉如水。躲在马厩里的小秋虫，时而还在墙角处嘶鸣几声。可室外，已是万籁俱寂。

大太太想到他们沈家的好日子就此到头。她后悔，当初没有跟着老爷一起逃走。她听说，盐河北乡推行"土改"，许多大户人家的房产、土地都被穷鬼们给瓜分了，个别守财的东家、太太赖着不走，还被拖出去挨了榄棒。

大太太想到这些，心有余悸，再无睡意。

后来，说不准是什么时辰，她迷迷糊糊地听到墙角处"嘶"的一声怪响。随之，一道火线飞腾起来。瞬间，那火线又灭了。

大太太一愣，心想：这房子里闹鬼不成。她正在疑惑中，又一声怪响，火线再次升起。

这一次，大太太看清楚了，墙角有人在弹火。

那种把戏，大太太晓得，弹火的人，单手将一根火柴竖在火柴盒的磷面上，另一只手的食指或中指卷起来，用力一弹，那火柴在弹飞的瞬间燃着，且能带着火光飞得很高、落得很远。

大太太纳闷，此人是想引火烧死她，还是在试探她是否入睡，想强暴、打劫她？颇有城府的大太太，躺在那儿一动没动，她倒要看看那个弹火的人，到底想干什么。

这时，只见那人慢慢地猫起身，蹑手蹑脚，一步一步靠近了大太太，就在那人双手伸向大太太时，大太太下意识地大吼一声："谁？"随之，她本能地抓过床头的包袱，重重地砸过去。

那人是个贼。他是来偷大太太包袱的。但他，万万没有想到，大太太此时还没有入睡。可巧的是，大太太在怒吼中，把他想要的包袱扔过来了。那贼人，虽受到一番惊吓，却也正中下怀。他得了包袱，狡兔一般，转瞬，消失得无影无踪。

惊魂未定的大太太，猛然醒悟！她包袱中藏着他们沈家的地契。刚才，一怒之下，让她当作解恨之物，掷向了那个贼人。

这可如何是好？

大太太左思右想，忽然想到：刚才那个贼人，像他们家的老奴才阿福。尤其是他跑动的脚步，极像！

这个老东西，表面上装作忠厚老实，还假惺惺地帮她支地铺呢，原来是奔着她的钱物来的。她包袱里确实有一点散金碎银。这事，只有阿福知道。再者，阿福具备弹火的条件。那时间，穷人都用火镰打火，唯有财主家的老爷、少爷，或是在财主家做活的长工才拥有火柴。大太太料定，那个贼人，就是阿福。

天亮后，大太太捎信让阿福来。

大太太不动声色地试探阿福，说昨夜她遭到贼人算计，她的包袱被抢走了。说这话时，大太太捋下手上一枚戒指，递给阿福，说："你去给我打探一下，看看是谁偷走了我的包袱，里面的银子我就不要了，我只要那几件过冬的棉衣。若能讨回来，我耳朵上的坠子也摘给他。"

阿福低着头，半天没敢看大太太。但他答应，去帮大太太打探那个偷包袱的贼。其实，那贼人就他自己。

大太太让他把戒指拿上，阿福推辞不要。

大太太说："这不是给你的，是给那个偷我包袱的贼。"大太太说，金银在她身上，已经没有多少用处，她只想讨回那几件过冬的棉衣。要不，她怎么挨过寒冷的冬天。

大太太这样一说，阿福半推半就地把戒指收下了。

可当天，阿福到家，如此这般地与婆娘一说，鬼精的婆娘眼珠子一转，感觉大太太包袱里有玄机。否则，她不会重金讨要那几件看似很平常的衣服。于是，夫妻两人，左翻右找，终于在一件马甲的隔层里找到了沈家的地契。

那一刻，阿福两眼放光！他似乎觉得，他马上就是大东家了，很快就会拥有良田千顷，妻妾成群，从此过上荣华富贵的好日子。于是，阿福两口子当即找了个坛子，把沈家的地契，深埋在自家的床底下。

不料，时隔不久，阿福私藏沈家地契的事，被人告发。原本想荣华富贵的阿福，一夜之间，沦为地主老财的帮凶，成为万众唾弃的阶下囚。

其间，阿福的族人，为阿福偷来的罪状鸣不平。曾三番五次地向上级反映，均未如愿。

中华人民共和国成立后，编撰《盐区志》的专家学者透出实情，说当年阿福偷窃沈家地契一事，并非民间传说的那么神乎其神。事情的真相是：沈家大太太在紧急关头，料到她要净身出户，自身难保，便故意设下一个盗局，示意她家的老奴才阿福前去行窃，以便更加稳妥地保藏好他们沈家的地契。

这就是说，沈家地契之事，株连到阿福，一点都不冤枉他的。

花　船

夜色从天空中降下来，降到盐河里的桅尖上和船舱里，降到盐河边的一道道横七竖八的跳板上。卖晚粥的、卖热豆腐的、卖蜡烛的、卖五香瓜子的小贩们，陆陆续续地就来了，他们踩着河堤上朦胧的夜色，高一声、低一声地冲着码头上停泊的船只叫喊：

"豆腐——刚出锅的热豆腐——"

"花生、香烟、五香糖——"

声音最为悠长的，还是那个卖馄饨的驼背老头，他挑着一副货郎担，前头的铁皮桶里，是一只小炭炉烧着一锅滚开的水，后头带抽屉的木箱上面，用白纱布盖着已经包好的兔耳朵大小的馄饨，他扯圆了嗓子喊呼：

"馄饨——大肉的兔耳朵馄饨——"

"梆，梆"敲两声木鱼，随之又喊一声："大肉的，兔耳馄饨——"后面，紧跟着是"梆，梆梆！"三声木鱼。挺有特色的。

喊声里，前面或后面的船上，时而会有套在船头的狗挣着绳索、竖着耳朵，冲他"汪汪"，他不予理睬。若是有人叫他："馄饨，卖馄饨的。"或是有人远远地喊过话来："有没有咸菜、馒头？"他会告诉你："有！"但是，他并不会马上放下挑子等你，他会继续喊呼"馄饨，大肉的兔耳馄饨"，仍然是很有节奏地敲着木鱼。这期间，他会前后张望一下，看看哪家船头的灯光亮堂，便把挑子挑过去借个光。

旧时，盐河码头上没有路灯，一到夜晚，乌漆麻黑的。条件好的船家，能在船头挂一盏马灯。一般人家的船上，大都点一盏小油灯。那种烧豆油的小油灯，只在碗口的边缘上扯出一根细细的棉线捻子，豆粒大的一点火光里，往往还要烧结着一块乌黑的灯芯儿含在灯火里，只有坐在跟前，才能看到对面人的眉目。

还有一种情况，卖馄饨的老人也很在意，那就是他的老客在哪里，他就往哪里靠。此时，即使后面有人跟着要买他的馄饨，他也要挑着担子再往前赶赶脚儿，直至走到那户人家的船边，他再搁下挑子。如阿贵家船边，就是老人经常歇脚支摊的点儿。

阿贵家那女人，带着个豁嘴的小丫头，每天晚上都要忙着给旁边花船上搭帮手，顾不上自己做晚饭。她在老人这儿买一碗馄饨，自己站在摊前吃一半，再让老人添点汤，匆匆忙忙地端到船上给孩子。她在人家花船上做事，有时，吃顿饭的工夫，客人就来了。

盐河里的花船，就是妓院。

早年间，盐河里卖乐的花船挺多的。她们不挂招牌、不扯幌子，只需在船头挂一盏粉色或红色的灯笼，嫖客们就懂了。

粉色的灯笼，多为年轻漂亮的女子，她们大都来自附近几个县，如响水、滨海、沭阳、灌云那一带，偶尔，也有梳着扬州坠儿的女孩子，如阿贵家所靠的那个雅号小妖的女孩，

她就是扬州那边过来的，生意蛮好呢！

而晚间挂红灯笼的船，多为本地年龄偏大、长相又很一般的妇女，她们并不完全靠出卖肉体为生。白天她们在自家船上剖鱼、洗菜，什么粗活都干，只在晚间，涂上胭脂，擦点口红，半倚在船舱口的灯笼下，看似手中纳着鞋垫啥的，眼睛却瞟着岸边过往的男人。其间，若有嫖客上船问价，她会告诉你："那边五毛，俺这三角。"一般的嫖客，但凡是张口问价的，大都相中了船上的婆娘，若是相不中，人家不到船上来，甚至踏上甲板，走到跟前一看长相不中意，转身就走了。还有一种情况，那就是嫖客举棋不定时，倚门的婆娘，就会告诉你："快乐都是一样的！"甚至拿下流的话语勾引你："花样比那边还多呢！"

阿贵家女人，就曾做过那样的"暗门子"，而近两年，她脸上起了褶子，身上的皮肉也松了，客人们走到跟前，往往连价格都不问了。

阿贵家知道自己留不住客人了，便依附于旁边小妖家的花船，帮人家做些打理床铺、端送茶水的差事。时而，小妖那边床铺不够用了，她就把自家船上的客舱让出来。只可怜她家那个豁嘴的小闺女，常常是一个人蜷在船头的灶舱里睡至后半夜，妈妈才能把她抱到客舱的大床上。

有天晚上，小妖那边的客人应接不暇。阿贵家一面收拾床铺，一面替小妖搭帮手。小妖呢，认钱不认客。谁给的银子多，谁就是她的"客"。

阿贵家把她的床铺让出来，小妖便领着一个风流倜傥的先生来了。她们的船是相连的。也就是说，从小妖家的花船到阿贵家的船，直接跨过来就行。只是阿贵家船上的灯火暗一点，这也正好适于羞于张扬的嫖客。

小妖挽着那人的手，一边亲昵着，一边跨到阿贵家的船上。

进船舱时，小妖让客人在旁边备好的温水盆里洗下手，她随之进舱宽衣解带。待客人掀开帘子，斜着身子进来时，小妖已经脱去衣服，躺在床上了。

那一刻，对嫖客来说，急不可待！他顾不上与佳人叙话，上来就想把床上的美人给生吞活剥了。

回头，嫖客穿上衣服离去时，床上的美人已被他整得散了架似的瘫在那儿。嫖客带着征服者的喜悦上岸后，看到前面灯光里有家卖馄饨的，忽感刚才忙碌一番，此刻还真有些饿了，遂走过去，想吃碗热乎的馄饨。

不料，走到跟前，却看到刚刚还在床上与其缠绵的小妖，此刻，正坐在馄饨摊前的小马扎上，高翘着兰花指，埋头吃一碗撒着虾皮、漂着香菜的兔耳馄饨。

刹那间，嫖客愣住了！小妖怎么跑到他前头来了。犯疑中，他下意识地回眸一望，只见船舱里系着纽扣出来的，是一个半老徐娘——阿贵家。

原来，嫖客到阿贵家船上洗手时，小妖闪身从前舱门进去，又从后舱门溜走了。船舱里，脱个精光等候他的，却是人老珠黄的阿贵家。

嫖客那个悔呀！

他甚至后悔，不该来吃眼前这碗馄饨……

陪 杀

1947 年，盐区解放，随之掀起了一波又一波"打土豪，分田地"的热潮。

盐区，有名望的财主，早已卷起细软，携带家眷，闻风而逃。如大盐东吴三才、杨鸿泰那样五分淮盐有其二三的主儿，他们提前小半年，便拖家带口地下南洋、跑舟山，并趁着时局动荡，跟着老蒋南下的队伍去了香港、台湾。唯有盐河口曹大瓜那样，拥有三五十亩薄田的小财主，自我感觉良好，坐守家中，观望时局变迁。

可他哪里料到，那场穷苦人闹翻身的"土地革命"，势如破竹，所到之处，如秋风扫落叶，席卷一切地、富、反动派。他曹大瓜，海边有盐田，岭上有耕地，家中长年雇着三五个伙计，是个彻头彻尾的剥削阶级坏东西。

"农救会"把他抓起来，关在城东关帝庙里，动员穷苦人检举、揭发他的罪状，以此给他定罪量刑。最先找来的，自然是曹大瓜家的那几个长工，为首的名叫刘福，他家祖孙三代都在曹家做事。尤其是刘福，他 7 岁跟着父亲在曹家放羊。后来，父亲死了，他又带着他的儿子在曹家做雇工。可以说，刘家几代人都饱受曹大瓜的摧残与折磨。农救会把刘福叫去，问他："曹大瓜是怎么压迫你们刘家祖孙三代的？"

刘福没有文化，他不懂得啥叫压迫，瞪俩大眼睛，愣愣

地看着询问他的人。

对方给他解释说，压迫，就是他曹大瓜如何对他们刘家人不好。这一回，刘福听懂了，但他一时间又想不起曹大瓜对他们刘家哪样不好。

旁边有人提醒他："你父亲是怎么死的？"

刘福说："生病死的。"

对方说："是不是给他曹大瓜家干活累病的？"

刘福想想，他父亲常年在曹家干活，由此生病死掉了，可不就是在他们曹家干活累死的。顺着这个思路想去了，刘福也就默认了。

旁边记录的人，看刘福不吱声，就把刘福父亲的死，记到曹大瓜的头上了。这是一桩人命案。显然，就凭这一条，足够砍他曹大瓜脑袋了。接下来，搜集材料的人又与刘福核对曹大瓜的其他罪状，刘福一时答不上来，对方让他回去好好想想，待想好以后，再来汇报。

这下，刘福犯难了，他回去想呀想，尽想些曹大瓜对他们刘家父子的好处。比如，夏天苦热难耐的时候，曹大瓜会请他们吃红瓤的大西瓜；冬天，寒流袭来，曹家那麻脸的老婆子会给他们刘家父子再添加一床暖洋洋的棉花被。想着想着，刘福反而觉得这些年来，曹家人对他刘福一家不薄。可眼下，那个几十年来供他们刘家父子吃穿的曹大瓜，被人关在关帝庙厕所旁边的小草棚子里，不给他吃，不给他喝，谁想解恨时，就上去踹他两脚。刘福觉得再这么下去，那曹大瓜可就没有几天活头了。想到此，刘福动了恻隐之心，半夜爬起来，煮了两个热地瓜揣在怀里，摸黑来到关帝庙，隔墙扔给了他昔日的主子。

可巧，当天夜里，有个看守拉肚子，他蹲在茅坑里，忽听旁边"噗"的一声响，随之一个铁蛋蛋样的东西滚落到跟前。

刹那间，那人吓坏了，误认为阶级敌人搞破坏，向他扔来一颗手榴弹，提上裤子就跑。可他跑出好远，仍没听见身后有爆炸声，再反身去查看，原来是两个冒着热气的大地瓜。很显然，这是扔给曹大瓜的。当即，鸣哨追赶，很快就将刘福给逮来了。

这下，问题严重了！原本苦大仇深、根正苗红的刘福，就因为给曹大瓜扔了两个热地瓜，命运发生了一百八十度的大逆转。农救会瞬间把他定性为与阶级敌人同穿一条裤子的坏分子，将其五花大绑，打入牢棚。第二天，游斗曹大瓜时，也给他糊了一顶高高的纸帽子戴上，让他陪着曹大瓜一同游街示众。

当时，盐区各地惩治地、富、反动派时，为造声势，时常异地搞联盟。盐河南岸的大财主们跑了，就与盐河北岸一起搞公审大会。其间，为搞平衡，原本可以留条老命的曹大瓜，也被插上了亡命牌。

曹大瓜被执行死刑的当天，刘福作为陪杀，拉去现场壮大场面。但刘福自己并不知道他是个陪杀者。

刑场上，炮响三声，人头落地。而此时，作为陪杀的刘福，虽说刀没砍到他的脖子上，可他早已吓得魂飞魄散。刽子手是盐河北岸的孙虎，那人看刘福吓得尿了裤子，感到很好笑，闹着玩似的，走到刘福身后，照准刘福的脖子，猛"砍"了一手臂，且大吼一声，说："你也一起走吧！"

孙虎的这一"砍"，原本是吓唬刘福的。没想到刘福信以为真，就在孙虎的手臂"砍"向他脖颈的一刹那，刘福两腿一软，轰然倒地，随之口吐白沫，翻了翻白眼，死了。

刘福被吓死了。

这事，若是放在当下，那还了得，首先要追究当事人的刑事责任，同时还要追讨国家赔偿。可，事情发生在那个混乱年代，加之他刘福有错在身，吓死也就吓死了。通知他的家人前去领尸，拉倒了。

问题是，十一届三中全会后，刘福的后人要为刘福平反。他们把刘福的问题写成材料，层层往上反映。终于有一天，上面派人下来复查，首先要找的，自然是当年玩弄"砍"刘福的孙虎。时年，孙虎已经是年过七旬的耄耋老人了，得知有人要为刘福的死，找他讨个说法，早就心有余悸的孙虎，悄然喝下一碗盐卤——自尽了。

争　富

入冬以后，盐河口的风夹裹着大海的潮汐，如同冰窟窿里吹出来的寒流，硬生生地凉！赶到三九寒天，那生冷的海风，自个儿都觉得冻得难受，硬往路边草丛、芦苇地里钻。

盼富家住在盐河口，每到冬季总要受到海风的侵袭。尤其是午夜来临的时候，那肆无忌惮的寒风，顺着盐河故道摸进盼富家，东张张、西望望，总想往盼富家那两间破草房里去取暖儿。而盼富偏不让那猖狂的夜风往屋里钻，他将房门闩上，并用稻草把自家的窗户堵好。气急败坏的风便在盼富家空荡荡的院子里左冲右撞，时而还在磨台前打旋儿，等到几股寒风幸灾乐祸地聚在一起，便"呼"地一下，吹掉了盼富堵在窗口的稻草。随之，盼富家那两扇并不牢实的房门便跟着"呼嗒"起来。

从睡梦中惊醒的盼富，明知道那房门的响声是寒风吹的，可他偏偏还要冲着黑漆漆的夜喊呼一声："谁？"

回答，竟然是："我！"

那是一九四七年，盐区解放后的某一个冬夜。刚刚被选为农救会会长的盼富，在村东的破庙里开了半夜会，裤裆里夹着一泡热尿跑回家，忙手忙脚地拱进老婆的热被窝，正寻思要与老婆做点什么，门外便有人喊他：

"会长，睡了吗？我是长贵呀。"

盼富猛一愣怔，这深更半夜，长贵上门来干啥？盼富缩在被窝里问一声："你有事？"冷乎乎的冬夜里，盼富不想从被窝里爬起来。可长贵磨磨叽叽站在门外，好像非要见他不可。

盼富披衣下床，只开房门一道窄窄的缝，幸灾乐祸的夜风，便像魔鬼怪兽一般，趁机裹住他光滑的大腿左啃右咬，盼富打着战儿问长贵："这么晚了，你有什么事？"

长贵说："我听说驻盐区的干部来了，要给各家各户划成分。"

盼富轻"噢"了一声，心想他与两个"驻点"干部，在村东的破庙里确实议论了一晚上各家各户的成分问题。长贵怎么这么快就知道了？

转念一想，盼富明白了，敢情他下午去临沂接那两个"驻点"干部时，是坐吴家去临沂送盐的马车回来的。

车上，谈到长贵家成分时，盼富牙疼似的长叹一声说："长贵也就这两年才有了自己的盐田，先前他在大盐商吴三才家扫庭院、担粪水，快四十岁时，才拣了吴家一个被主子睡过的丫头做媳妇，等于帮吴家人做了'遮丑布'。吴老爷赏了他几亩盐田，让他领着那丫头另立门户。"盼富与那两个"驻点"干部分析说："长贵算不上财主，他顶多算是财主家的狗腿子。"

盼富这话，是在临沂回盐区的马车上随便说说的，没想到吴家那马夫先前与长贵是磕头的兄弟，他回到盐区，便把这话传给了长贵。

长贵一听，盼富在"驻点"干部面前说了他的坏话，还要把他划为财主家的狗腿子，这多难听呀。于是，他大半夜地摸过来，手里拎着一长串粗纸包裹着的"四色礼物"。

盼富感觉长贵蛮会来事的。

长贵跟盼富诉苦说："我长贵现在有了自己的房屋和盐田，怎么说我也不是财主家的狗腿子。你们若是真把我划成财主家的狗腿子，那以后我长贵在盐区可就没脸见人了。"

盼富说："划成分里面有地主、富农、贫农、下中农，压根儿就没有财主家狗腿子那样一说。"

盼富那话里的意思，就是想让长贵放宽心，不会把他划为财主家的狗腿子。那时间，盼富已接过长贵送给他的"四色礼物"呢，他当然要向着长贵说点什么。

长贵听盼富说划成分里面有地主、富农、贫农，他沮丧着脸，自我掂量了一番，跟盼富说："现如今，我长贵有吃有喝有房住了，虽然算不上真正的地主，但少说我也不是个穷人。"他让盼富划成分时，帮他划高一点。

土地改革前期，各地都是先从划成分开始的。划成分是依照各家的富裕程度与贫穷情况，而依次划分为大地主、地主、富农、上中农、中农、下中农等等。那个阶段属于朦胧时期，好多人都不知道划成分是干什么的。不少人家都想把自己家的成分划高一点，甚至想通过划成分，以此挤入富人的行列而荣耀呢。

盼富不想与长贵在黑夜里多说什么，他想打发长贵快点回去，自个儿好上床钻被窝。于是，他草草地答应长贵，到时候尽量把他家的成分划高一点。并很随意地跟长贵承诺说："争取给你弄个富农吧。"

长贵思量了一下，没再说啥。

在长贵看来，弄个富农，就是富裕人家了，蛮好的啦。

殊不知，事情并非长贵想象的那样，划成分属于土地改革的第一步。谁也没有想到三个月以后，政府出台了"打土豪、分田地"的新政策。原本想划个高成分，为自个儿脸上增光的长贵，只因为争得一个富农的虚名，家中仅有的十几亩盐田被人分去了，盐河口吴老爷赏给他的三间青砖黛瓦的房屋，也被划到了别人家的名下。长贵领着一家老小，被人扫地出门的时候，如同当初他领着媳妇走出吴家大院一样，再次陷入两眼茫茫的境地。

但是，事情并没有到此结束，后来，长贵的苦日子一天比一天煎熬，先是给他戴上高纸帽，让他上街游行示众，再就是大会小会上轮番批斗他。有时，还把他用绳索捆起来，拉到外乡去批斗呢。再后来，长贵的子女长大了，上学、入团、当兵，等等，都受到他"争富"的影响。

现在，那些都过去了，不提了。

羊倌

　　盐区临海，也有山。

　　但盐区的山，并非群山凸起、气势磅礴地雄踞在一起。盐区的山有点像女人肌肤上被蚊虫叮咬出的包，孤芳自赏地静守在某一片海域或坐落在平平整整的盐田上。偶尔有两座邻近的山，相互守望，一准儿又被无情的盐河或波涛汹涌的海汉子给隔开了。

　　盐区人守海吃海，并不在意山的事。尤其是盐区的男人，生来与大海为伍，能捉到鲜活的鱼虾，那才显能耐。谁家的男人若是避开大海，躲到海边的山上去拓荒、食果，都觉得那是件丢人没有出息的事，不屑为之。但这也不是绝对的，盐商李大康家的羊倌杨三，就常年驻守在双乳山上。

　　晴日里，出海打鱼的人，远远地望到双乳山上有一团棉朵一样的白云，时而飘在山间，时而又被山间的青松、翠竹给"吞噬"了，那就是羊倌杨三放牧的羊群。

　　说是双乳山，无非是两座山峰相连在一起。在海上漂泊了数月的男人，靠岸以后，看到歪眼、斜嘴的女人都认为是天仙，更别说望到盐河口那座像女人乳房一样诱人的山峰了。

　　于是，出海打鱼的男人们，给那座联峰山起名——双乳山。

　　双乳山坐落在李大康家的盐田里，自然就是李大康家独有的地产。杨三在此山牧羊数年。李大康吃腻了大海里的鱼虾，便会指派人上山传话给杨三："弄两只羊回来。"

那样的时候，杨三总会问传话的人："李老爷是想烤着吃，还是炖着吃？"

传话的人被杨三问得直摸脑袋！李老爷若是想炖着吃，那肯定要捉只老羊炖了才香；若是烤着吃，那就要捉只小羊羔回去烤焦了才脆嫩呢。想到此，传话的人掉头想去请示李老爷，杨三却没有那闲工夫等他，顺手点上两只一老一少的羊，让传话的人带回去，由李老爷定夺。

杨三想捉哪只羊，顺手就能从纷乱的羊群中把它给拎出来。

杨三，十二三岁的时候，就被李老爷安置在双乳山上牧羊，现如今，他已是三十好几的人了，仍是光棍一个。杨三眼睛有点斜，腿还罗，找媳妇确实也有些困难，再加上他整日隐居在山上，似乎也不思家室的事呢。

山上有羊圈，也有杨三起居的一个小窝棚。

杨三常年与羊为伴，他懂羊性、识羊道，若说他是羊倌，倒不如说是头羊中的头羊。

杨三训练羊、管理羊群时，很有一套办法。他抓住羊贪吃的弱点，常把手中的盐豆子赏给头羊或听话的羊吃；他也惯用山上的石块儿，训导那些四处乱跑及不听话的羊。

羊，生性胆小，它正在低头吃草，或是"咩咩咩"地叫着向前赶路时，前头的草棵子里忽而跳出一个蚂蚱，或是道口的崖壁上滚下指甲盖大小的石块儿，它立马就会掉头走开。

杨三抓住羊的这一特性，每当头羊走错了方向，或是哪只馋嘴的羊想吃山上的奇珍异果时，他顺手扔过一块石子，并非真打在羊的脑门上，仅仅是扔到羊跟前的草叶间，整个羊群立马就会骚动起来。

杨三"扔石赶羊"的这一招，并不是他的独创。但凡是牧羊人，都懂得用石块、土坷垃驱赶羊群，控制它们行进的方向。但他们大都借用"甩兜"或"石叉"等专业的牧羊工具，从羊群后面把石块或土坷垃抛到前头去吓唬羊。可杨三不用，杨三腿脚不好，但他凭双臂攀岩、爬树练就了臂膀上的功夫，甩起石子来，几乎是眼睛望到哪儿，就能把石块、土坷垃打到哪儿。而且，击打得十分精准。他想把石子扔到哪棵树的树杈上，捡起一块石子扔过去，一准儿让那石子稳稳当当地衔在枝杈间；他想把树上哪片发黄的叶子打下来，轻而易举，那片黄叶就飘飘摇摇地从空中坠落下来了。更别说他想把石块打到哪只羊的角上、头盖骨上了。那更是一打一个准儿！

有时，杨三躺在山坡上正晒太阳，看到羊们走错了方向，他懒得用手去扔石块儿，两脚一划拉，脚尖挑起一块石子扔过去，也能打到他预期的地方。时而，空中飞翔的鸟儿，或树干上正在嘶鸣的蝉，突然之间掉在他跟前了，那可能是他手脚发痒，或是蝉鸣嘶叫，惹得他心烦了。

杨三习惯了山上的生活。在外人看来他一个人孤苦伶仃地守在那荒山野岭里很困苦。可杨三反而觉得自己活得很自在。他甚至担心哪一天李老爷不让他在山上放羊了，那一定是他自己做错了什么事情，惹得李老爷不高兴了才把他从山上撤下来。而在李老爷看来，那杨三，几十年来忠诚于牧羊，早已不是什么杨三，而是他家羊群中的一员。

一九四七年，土改工作队来到盐区，惩治盐商李大康时，有人揭发李大康在双乳山上还压迫着一个放羊的奴才，便立即派人前去营救杨三下山。并计划在公审大会时，让杨三作为穷苦人的代表，站出来揭发、控诉李大康这些年来剥削、压迫他杨三的滔天罪行。

杨三不明事理。也有人说杨三在土改工作队上山营救他之前，被李大康给挑唆了。

总之，土改工作队上山营救杨三时，杨三不但不领情，反而与营救他的人唱反调。

杨三凭借他对山势的熟悉，先是带着羊群东躲西藏，不与上山营救他的人打照面儿；再者，他设置障碍，推动滚落的山石，与前来营救他的人势不两立。再后来，等人们把杨三与他的羊群隔离开以后，想捉住杨三时，杨三便使出他驱赶羊群的招数，向追赶他的人扔掷石块儿。

杨三在山上，如狡兔一般敏捷，看到追赶他的人逼近了，他随手抓起一块石头，看都不看一眼，往后一扔，准能打到对方的腿脚上。有两次，追赶他的人眼看就要抓住他了，他把手中的石块精准地打到对方脑门上，当场给人家开了"血瓢"。其中一个被他开了"血瓢"的，还是土改工作队的军代表。

这下，事件的性质瞬间发生了逆转。原本是苦大仇深的杨三，顿时变成了谋害军代表的敌人，追赶他的人随即放枪打断了杨三的腿，并把他揪回来，将他与他的主子李大康一起押上公审台。

中华人民共和国成立以后，盐区澄清了一些冤假错案。但是，对于杨三，一直有争论。想给他翻案的人，或者是不同意给他翻案的人，都摇头叹息：这个杨三！

得　宠

　　容府里忙碌的女人，并非容家的女人。

　　容家的女人，日出而起，入夜而息，一日三餐，包括饮茶、打牌、遛弯儿，以及吃甜点时撕扯着咸鱼喂小猫，都按部按班，很有规律的。

　　容府里，那些像蜜蜂一样进进出出忙碌的女人，是容府里的用人。她们多为盐区周边的乡下人，其家境贫寒，又无地位，能来容府里混口饭吃，就是她们的福分了。赶上年节，容家老爷、太太高兴了，赏她们几个铜板儿，让她们带回去贴补家用；不高兴时，随便找个理由，就把她们给打发了。

　　容府内，能长期留下来做事的女人，大都是手脚勤快、长相又好的女人。她们十三四岁时，被人领到容府来，做些传话、煮茶，帮老爷、太太抱猫、遛狗、掏耳朵、挠痒痒的差事，到了十六七岁时，就出落成花朵一样好看的大姑娘了。那样的时候，若是某一天被容府里的老爷、公子看中了，极有可能成为容府里的女人。

　　玉花就是在夏季的一天晚饭后，在容老爷的蚊帐里捕捉蚊虫时，被容老爷摸了脸蛋、解了裤子的。

　　那时间，容老爷已经上了岁数。他的大儿子已在军阀孙传芳的队伍里当营长了，你想吧，容老爷的年纪该有多大？少说也有小五十了。

而年过半百的容老爷，虽家境殷实，可子嗣不旺，接连娶了三五房水灵灵的姨太太，都没能给他生出个带把的来。

容老爷念及他那当了营长的儿子，若是某一天在战场上"吃"了枪子，就断了他容家的香火。他试着睡了容府里的多个女人。最终，玉花成了幸运者——她怀上了容老爷的孩子。

容老爷很高兴，尤其是看到玉花那圆溜溜的白肚皮，一天天鼓起来，容老爷便跟玉花说："赶明儿，你搬到太太房里去住吧。"

容老爷有点迷信，他觉得当年大太太在东厢房里为他生了个当营长的大儿子，而今，让玉花再搬到东厢房去生，没准也能像大太太那样，帮他再生个大胖小子。但那话，容老爷没有说出口，容老爷只跟玉花说："你的身子一天天笨重了，搬到大太太房里去住，一旦有个闪失，大太太那边也好有个照应。"

玉花不敢去。

玉花原本是容府里做粗活的丫头。刚来容府那会儿，她扎一个歪歪斜斜的朝天辫，头发乱蓬蓬的，指甲盖里全是黑乎乎的污垢，管家让她去刷马桶、倒垃圾。后来，管家看她手脚勤快，且晓得往脸蛋上擦香粉了，这才把她叫到后厨去择菜、洗碗做帮厨，时而，也被喊到老爷的房里擦门窗。但她从来没有进过大太太的东厢房。

而今，容老爷猛地让她搬到东厢房去住，玉花受宠若惊！她觉得东厢房是大太太才能待的地方，她一个做粗活的乡下小丫头，怎么敢与大太太平起平坐？

可容老爷一言九鼎，容老爷说："我叫你去你就去，你怕什么！"

玉花这才跟在容老爷身后，去见大太太。

其实，在这之前容老爷已经说通了大太太。大太太表面上点头答应了，但她心里还是硌得慌。在大太太看来，一个做粗活的丫头，浑身上下，脏不拉几的，怎么能睡到东厢房那锦衣棉被里呢？可容老爷发话了，大太太又不得不从。但是，大太太赶在那小蹄子入住东厢房之前，把里面的珍奇物件儿都给撤换了。

玉花不明白东厢房的变化，她美滋滋地搬进东厢房以后，看到房间里窗明几净，四壁生辉，总觉得自己是住到天堂里、睡到皇宫中了。整日，衣来伸手，饭来张口，她自己每天要做的事情，就是扳弄着十个手指头左右玩耍。时而，室内有只蜜蜂或是小飞虫莽莽撞撞地飞进来，闲得无聊的玉花，抬头跟着那蜜蜂、飞虫望半天。末了，她拾起苍蝇拍想去拍打。大太太看到了，便会说她："那不是你干的活！"

再者，有下人给她端汤、送茶来，玉花会情不自禁地迎上去。有两回，她还与送茶点的小丫头，站在院子里一边喝汤，一边大声说笑。大太太看玉花那样子有失容家女人的风雅，于是，大太太板下脸来，教她步态，教她饮茶，教她饭厅里入座时细嚼慢咽的"饭姿"，告诫她要抿住嘴巴吃东西，不得嚼出声响来，以及如何在下人面前，拿出容家女人的威严。

玉花听了大太太的教导后，只能记住一阵子。可到了关键的时候她又忘了，尤其是和她昔日的小姐妹们在一起时，她与人家拍拍打打，大声讲话，且笑声远扬！哪里还有半点容府里女人的威严，十足的一个大傻丫头。更让大太太不能容忍的是，玉花裤裆里夹个热屁，总是放得十分响亮，这让大太太非常恼火！

好在，那时间玉花有孕在身，大太太拿她没有办法。

可，大太太怕她再做出什么出格的事儿，给容家人出丑。在玉花入住东厢房待产不久，便限制外人与她接触，同时也限制了玉花迈出后院的自由。

时隔不久，玉花哭天号地、杀猪一般，如愿以偿地给容老爷生下一个大胖小子。

由此，容府上下，张灯结彩，欢天喜地。容老爷更是喜出望外，当日向玉花娘家报喜时，破天荒地送去了"四人抬"的五色大礼。

不能如意的是，满月那天，玉花抱着孩子回娘家，恰好赶上盐河里风大浪急，一个巨浪卷来时，船夫没有把控好，连人带船都翻到盐河里了，后经船夫拼命打捞，容老爷那宝贝儿子得救了，可不会凫水的玉花，却眼巴巴地被海浪卷走了。

此事，可谓是容府里的悲剧。

然而，容府里更大的悲剧还在后头——土地改革时，容府上下几十口人被扫地出门。曾经富甲一方的容老爷及容家的大太太、姨太们，作为盐区的恶霸地主及地主婆姨，纷纷被人民政府给镇压了。

中华人民共和国成立以后，容老爷那当营长的大儿子投诚了共产党，并在人民政府内谋到一个职位不低的职务。后期，他衣锦还乡，想给老子翻案。当地党史办的一名官员，把他叫到一边，告诉他容老爷身上有一桩不可饶恕的命案，劝他最好不要再去翻弄他老子当年那些龌龊的往事儿。

暗　香

吴家的水井坊在后花园内。

一条落满青苔的青砖甬道，从水井坊那儿延伸出来，一路弯来扭去，一直延伸至通往前院的月亮门跟前，见月亮门下的铁门紧锁，便转身钻进水井坊另一边的翠竹林里去了。

吴家水井坊，由六根廊柱搭起一个风凉亭，四眼两两对称的井口，光滑而又圆润地凸出在风凉亭下的井台上，如同四只嗷嗷待哺的小雏鸟儿，齐刷刷地大张着嘴巴，期待主人拿水桶来"喂"它们。

前来打水洗衣的婆姨们，每日期待那扇通往前院的月亮门打开时，各房丫鬟们送来当天要洗的衣裳。她们或蹲或坐在井口边的青石板台面上，将泡好的衣物托在手中搓呀揉的，戏闹成趣。时而，还有人扬起手中的棒槌，照准太太、姨太们房里送来的衣物，很是解气、消愁似的，"扑滋！扑滋！"地拍打出一束束灿烂的水花。

其间，谁负责大太太房里换洗的衣服，谁洗姨太、小姐、公子房里的衣物，谁去洗前厅的帐幔、台布以及厨房大师傅们的护襟，好像都有分工。

一旦轮到去洗厨房大师们的护襟，都不十分情愿。一则大师们护襟上的油腻太多，三遍、五遍洗不干净；二来大师傅们不是吴府里的主人，他们的衣服为什么也让她们来洗？

婆姨们觉得委屈。

婆姨们都喜欢洗四姨太房里送来的衣服。

四姨太年轻，长相又好，她穿过的衣服都不怎么脏，尤其是她贴身细软的那些小物件儿，看似蓬蓬松松的一大堆，可按在水盆里就像是漂浮的苔藓、河草一样软柔、缠绵，团在掌心，或搓在手上，很舒坦的一种感觉。有时，四姨太的衣服上，还带有一股淡淡的清香味，很好闻的。当然，最主要的是四姨太会在她的衣兜里放几块钢洋，以讨她们的欢心。只可惜四姨太很少在盐区久住。

四姨太是城里人。

四姨太做闺女时，是城里天成大药房掌柜家的千金，只因为她与店里的一名伙计私通坏了名声，年过二八，尚待字闺中。后经人撮合，嫁给了大盐东吴老爷吴三才做了四姨太。

吴老爷喜欢听戏，更喜欢戏中那些漂亮的旦角儿。用当今的话说，吴老爷算是"追星族"。城里几家有名的大戏院里，都有他常年买断的包间。四姨太就是吴老爷在戏院里相中的。

吴老爷喜欢四姨太那葱白一样的肌肤，并不在意她与店里伙计私通的那点事儿。四姨太看中吴老爷宽宏、豁达，还有他名下那流金淌银的盐田。

四姨太出嫁时，娘家那边把天成大药房当作"陪嫁"之物送给了她。也就是说，吴老爷娶了四姨太，便拥有了天成大药房。但是，吴老爷并不过问天成大药房的事。

在吴老爷看来，天成大药房的那点收成，不过是四姨太的一点脂粉钱，随她折腾去吧。

吴老爷的心思用在城里的戏院与牌楼里了。时而，他也到海边的盐田去看看。那样的时候，吴老爷一定是喝多了酒，路过盐区时，想去兜兜海风，消消酒气。可好多时候，马夫带他到了盐田，吴老爷不是在马车上睡着了，就是无心下车，他左右两边看看白花花的盐田，便让马夫带他奔四姨太的住处去了。

吴老爷自打娶了四姨太，心里始终有个结儿，那就是四姨太别再红杏出墙。曾经有一段，吴老爷想把四姨太留在盐区，给她换个环境，让她收收心。可四姨太在城里生活久了，不习惯盐区的生活。

盐区，水沟多，蚊虫多。同样的蚊虫，叮咬在别人的身上，可能只觉痒痛，难寻踪迹；可叮咬到四姨太那白嫩的肌肤上，一咬就是一个粉红色的点儿，用手一挠，瞬间便会鼓起一个豆粒大的包。

四姨太初来盐区的那个夏天，她指着腿上、胸口，还有她两个温水袋似的奶包子，翻出被蚊虫咬过的红疙瘩，一个一个指给吴老爷看。吴老爷沉思一番，说："赶明儿，你还是回城里去吧。"

此后，四姨太便城里、盐区两边过。

盐区这边，属于四姨太的那套宅院儿，常年给她留着。里面的花草及室内的装饰，尤其是床铺、茶几的摆放，都是按照四姨太在城里居室的模样来摆放的。每逢年节，或是四姨太想到盐区来小住几日的时候，盐区这边提前几天就把她的居室打扫干净。待四姨太回来时，院子里的花草竞相绽放，室内鱼缸里用来观赏的小鱼小虾悠然摆动。

吴老爷宠爱四姨太。所以，每当四姨太从城里回盐区小住时，吴府上下，一派欢腾。

洗衣房的婆姨们，听说四姨太回来了，先前用过的棒槌、洗衣盆啥的，一概都要换新的。她们盼着四姨太房里能送来衣物洗晒。

四姨太的衣服件件金贵，洗衣房的婆姨们舍不得按在石碾上去拍打，好多时候，她们都是托在掌心一下一下地搓揉。有时，搓着揉着，几个婆姨们便搓揉出惊奇！她们指着四姨太内裤上的某一块污渍，猜测那污渍的来历，猜着猜着，那几个婆姨便猜出了乐子。

吴家洗衣坊的婆姨，多为盐区船工家的婆娘，她们的男人出海打鱼一走就是三五个月，有时小半年也不回来一趟。她们思念男人，更思念四姨太留在内裤上的那些男欢女爱之事。

但是，四姨太的内裤上向来没有那样的异味。原因是，四姨太喜欢施香粉，且懂得何种药物含香料。所以，四姨太穿过的衣服上，从里到外，大都留有一股中草药的余香。有时，四姨太洗过的衣服上，仍然留有淡淡的清香。

四姨太为何喜欢施香粉，她使用了何种香粉能长久留香？这是个谜。

后人说，四姨太喜欢施香粉，起因于吴老爷闻过她的内裤。至此，四姨太便使用香粉打乱了吴老爷的嗅觉。追其缘由，还是与四姨太放荡不羁的性情有关。

但是，不管四姨太以何种理由使用香粉，她都是盐区有史以来第一个使用香粉的女人。

《盐区志》上记载：公元一八九二年，大盐商吴三才娶了城里天成大药房的千金做四姨太。此人身存暗香，且余香经久不散。

天 香

黑夜里，两个男人一起在大街上溜达，其中一个人感觉裆下有了尿意，他会毫不避讳地解开裤子，对着路旁的大树或是某处墙角、废弃的猪圈、烂草堆啥的，很随意地尿起来。此时，另一个男人很容易受到"感染"，瞬间也会解开裤裆，两人如同协同作战一样，共同尿在一起了。其间，他们还会一边撒尿，一边仰起脸、抖着裤子，说些当夜的月亮、星星，以及预测一下次日天气好坏之类与尿无关的话语。

这天晚上，盐河口小柳庄上刚刚当选农救会主任的闫九与驻村干部老赵，在村口的小河边一同撒尿时，忽而闻到了一股沁人肺腑的肉香。

那时间，盐区刚刚解放，小柳庄上的地主、富农们全都被抄了家，他们的房屋、盐田，以及家中值钱的物件，一部分上缴给国家，一部分分给了苦大仇深的穷苦人。曾经吃肉喝汤、嘴角流油的地主老财们，一夜之间变得比穷苦人还穷。

紧接着，盐区推行"合作社"制度，穷苦人当家做主人，大家团结一心，合作填海造田，合作春种秋收，大家共饮一眼井的水，共吃一口锅里的饭。已经几个月没见荤腥的小柳庄，忽而在午夜里传出肉香。驻村干部老赵感到很奇怪。闫九也觉得这事有些不对头。

两个人捕捉着肉香的来处，一路往前嗅去。其间，闫九对着黑漆漆的夜，几次深呼吸，好像通过鼻翼，能把那肉香吸入口中似的。

老赵是驻村干部，准确地说他是"南下干部"。他随解放大军一路从东北打到山东，又从山东来到盐区后，就地留在盐区指导地方工作，人家是见过世面的，他根本没有像闫九那样，硬把肉香的味道往自己的鼻翼里吸。

老赵说："怎么还有肉香呢？"

闫九咂巴下嘴，干咽了口口水，说："是呀，哪来的肉香！"

小村里，连续几个月"打土豪、分田地"，家家户户能吃上稀粥、喝上菜汤，就算是不错的生活了，怎么还会出现地主老财享用的鱼肉生活呢？这显然不合常理儿。

老赵作为驻村干部，他的警惕性很高。他领着闫九，顺着肉香的味道一路闻下去。最终，在"合作社"会计汪四眼家找到了肉香的源头。

汪四眼，又名四眼儿。他少年时读过几天私塾。盐区刚解放时，他是小柳庄上最有文化的人。

"他们家怎么会有钱吃肉呢？"驻村干部老赵，单刀直入地问闫九。

闫九与四眼儿是本家兄弟，加之四眼儿出任"合作社"会计一职，是他闫九推荐的。此番，发生了这等"午夜吃肉"事件，他闫九自然感到脸上不光彩。

赵干部说："这样吧，咱们先不声张，待把'合作社'的账务查清以后，再找他四眼儿算账。"言外之意，赵干部想看看四眼儿在担任"合作社"会计以来，是否有贪污行为。

那时间，人们的思想觉悟很高，对敌斗争的意识也很强。四眼儿虽是穷苦人出身，可溯根求源，他少年时在地主家读过私塾，受到过资产阶级拜金主义的影响。当初闫九推荐他出任"合作社"会计时，赵干部就曾说他是"地主秧子"——地主阶级土壤里长出的"秧苗"。本不想用他，可考虑他与闫九是近亲，加之盐区一时又找不出更合适做会计的人选，便勉强答应了。现在，他"合作社"会计没做几天，便开始腐化堕落，午夜里关起门来吃肉，这怎么得了！

当夜，赵干部组织起一班人马，对"合作社"的账务进行盘查。

可盘来查去，"合作社"自成立以后，就那么几笔账，如同秃子头上的虱子一样在那儿明摆着。比如地主曹贵家九间堂屋所拆的木料被卖掉以后，为"合作社"添置了一盘石磨和一头拉磨的小毛驴；盐河口十五亩水田，当年共打下620斤稻谷，每口人平均分到几斤几两都写得清清楚楚。其中，有一项"副业"收入，略显含糊。

所谓副业，是指"合作社"土地以外的收入。比如，当时"合作社"有一家粉坊，专门用地瓜中的淀粉来赶制粉条子，天气晴好时，所晒出的粉条子白爽爽的，一根是一根，拿到集市上能卖出高于地瓜三到五倍的价钱。可赶上阴雨天，那粉条子得不到阳光曝晒，很快就会粘连在一起发生霉变。遇到这样的情况，就得赶紧把粉条子分给社员们吃掉。否则，那热锅冷水中所赶制出的粉条子，就会被阴雨天给糟蹋了。

可谁能料到，四眼儿钻了这中间的空子。

刚开始，大家从账本上盘来查去，始终没有查出四眼儿的贪污问题。可驻村干部老赵总觉得四眼儿家午夜吃肉，是一种不正常现象，尤其是他吃肉的钱来路不明。赵干部捧着四眼儿做出的账本，左看右看。最终，还真让他看出了问题。

赵干部问身边的人："咱们社员分粉条子时，是来一户分一户，还是按事先做好的账，一家一家挨着分下去？"

回答，自然是来一户，分一户。

"合作社"分粉条子时，四眼儿会一手捧着账本，一手拿根蘸有印泥的火柴杆儿，看到谁家来人领粉条子，他就翻出那户人家应得的粉条斤两，用蘸上红印泥的火柴头在那户人家名下，按上一个红红的点儿，以此表明该户人家把粉条子领走了。

赵干部指着四眼儿所做的粉条账目，告诉大家说："这里做的是假账！"

大家面面相觑，正不明事理时，赵干部却板起脸来，分析给大家听："若是按照来一户分一户的原则，账本上所出现的红点儿，应该是个个见红。而现在账本上出现的红点，是由深到浅，一气儿按下来的，直至火柴头的红色快浅到没有红色时，又出现了下一轮的'由深到浅'。这显然与你们说的来一户，点一户不相符。由此说明那笔粉条款，被四眼儿贪污了。然后，他又做出假账，谎称那些粉条子分给社员们吃了。"

事情败露后，赵干部派人去擒拿四眼儿。

殊不知，四眼儿闻讯后，当夜跑到盐河边一棵歪脖柳上悄悄地吊死了。

纸 活

盐区有好多语言是独特的。譬如吹唢呐的，不叫吹唢呐的，叫吹呜哇的。直观的意思，就是唢呐所发出的声音"呜里哇啦"的，干脆就叫他们"吹呜哇的"。好像他们只会吹那"呜里哇啦"的声音，别的音调都不会吹似的，多有藐视他们的意思。其实不是那样的，盐河边的唢呐人，能吹好多曲子，如《赶牲灵》《小放牛》《汪大宝哭妻》等等。可盐区人不管他们会吹什么，就叫他们吹呜哇的。

再有，扎纸活的，盐区人也不叫他们扎纸活的，叫他们"扎把子的"。

扎把子的是什么，是指房梁上面所扎的柴把子。怎么就把他们二者混为一谈了呢？真是怪呢。究其原因，可能扎纸活的与扎柴把子的，都离不开芦柴棒。但柴把子人人都会扎，而扎纸活，可不是人人都会做、都能扎的。

乡间扎纸活的人家，多为祖传。而且是划定地盘的，什么人家扎哪几个村庄的纸活，都是相互默认了的。他们不仅能用芦柴扎出骡马猪狗、亭台楼阁的框架儿，还能用彩笔，绘画出人物的眼睛、鼻子，骡马的鬃毛，以及楼阁中的画廊门窗。有时，楼阁的角上，还会吊一个栗子壳儿坠在那儿，作为随风摇曳的小铃铛，可逼真。小孩子们最爱看那些。

"去去去！"

盐区这边扎纸活的郑大涝，最烦小孩子靠在他跟前。每当有小孩子靠得太近了，他就会摇晃起手中的芦柴，把小孩子们驱赶得远一点。可那些喜欢看热闹的孩子，看到芦柴扫过来时，往后退开，一旦芦柴扫过去，他们又一步一步地靠过来。

这个时候，旁边打柴叶或是正在理麻匹的小果儿，就会走过来，在地上划出一道杠儿，限定小孩子们只能站在杠线外面观看，不得跨越那道横杠。

还别说，小果儿的这一招，还真是把小孩子给隔在杠线外面了。

小果儿是大涝的妹妹。她与哥哥嫂子一起扎纸活。嫂子是前年过门的小嫂子，比小果儿还小月份呢，而今孩子都坠在奶头上了。嫂子在月子里，都是小果儿伺候的。

小果儿母亲去世早。

早年，有父亲在，旁人家的女孩子正是梳油头、踢毽子、抓石溜子玩耍的时候，小果儿就会锅底烧鱼、锅边贴饼子了。阴雨天，她还摸起剪刀、针线，盘坐在炕头上，把哥哥穿过的旧衣服，改过领口，穿在父亲身上。街坊邻居的婶子、大娘们眼馋得不得了，训斥自家的妮子时，总拿小果儿做榜样。

小果儿会做家务，也会帮着哥哥扎纸活。

哥哥在院子里扎柴架，小果儿在屋子里贴花纸。贴花纸是手艺活，多少有一点技巧，一般不让外人看。而扎柴架，就是把剪裁整齐的芦柴棒，扎成一个一个的圆圈圈、方框框或三脚架，那样的时候，你是看不出人家要扎什么的。大涝每回坐在院子里，脚上与腰间连着一根绳索，他将要捆扎的芦柴，缠绕在那绳索中间，随着脚尖一蹬，将芦柴"咯吱咯吱"地收紧，看似那绳索就要系在那儿了。其实不是的，那绳索只是把要连接的芦柴勒紧，待大涝另扯一根麻绳，在那收紧处系好以后，他脚上的蹬力一松，所系的麻绳，就吃上劲儿了，仍然捆扎得很牢固。

小果儿也会扎框架。遇到某户人家要扎"满堂彩"——金银山、聚宝盆、三驾大车、亭台楼阁，还有数十个随从。兄妹两个便一起坐在院子里，"咯吱咯吱"地捆扎框架儿。

捆扎框架是扎纸活的第一步，很多细巧的活计，还在后面的整架、贴纸、绘画上，做工可烦琐。

而今，嫂子进门，虽说怀里奶着孩子，可她提笔画个门窗，描个花朵，还是可以的。

再说，小果儿已经许配了人家——西街的陈木匠。

前年，哥哥娶嫂子时，请陈木匠来家里打家具。后来，家具打成了，小果儿的心思也跟着陈木匠走了。

哥哥舍不得小果儿走，闷头与小木匠喝酒时，说："明年吧，等明年我多攒下些钱，好给小果儿当陪嫁。"

小木匠嘴上说："不急不急。"可他心里巴不得当下就把小果儿领走呢。

小果儿呢，自然是听哥哥的。

哥哥说："明年。"

她就跟小木匠说明年。

可真到了小果儿出嫁的时候，小果儿没有落泪，哥哥的眼圈却红了，哥哥看着满屋的嫁妆，跟小果儿说："别人家新娘有的，哥哥都给你办齐了。"哥哥心里没好说，爹妈不在了，我这个做哥哥的，也要体体面面地嫁妹妹。

妹妹心存感激，她在迎亲的鞭炮炸响时，摸出两块压箱底的银锭，硬是塞给嫂子怀中的小侄子。

果儿不想把娘家的钱财都带到婆家去，她想到了婆家以后，与那个小木匠再慢慢地过日月。

殊不知，小果儿过门不久，她的男人给人家建房子时，从梁上滚下来，当场把腿摔断了。

这以后，小果儿那边不断传来坏消息，先是说小果儿的男人要截肢，再就是小果儿的男人拄上拐杖了。等到哥嫂听说小果儿在婆家那边也做起了扎纸的活计时。哥哥先是派人去打探虚实。随后，便一声没吭地找到小果儿家，把小果儿当院的芦柴，还有一些扎成半成品的框架，一股脑儿地扯拽到大街上，一把火给烧个精光。然后，一句话都没跟小果儿说，扭头走了。

小果儿含泪无语。

她自然知道那扎纸活的营生，是祖传的。她是嫁出去的闺女，没有资格继承祖上留下的营生。

这以后，小果儿再也没有动念去扎纸活儿。

可，过了一段时间，哥嫂那边，接到成套的大活，一时忙不过来时，差人来喊小果儿去帮忙。小果儿扔下身边的活计，匆忙跑去了。回头，哥嫂接济她一些散金碎银，她先是推托，末了，一对毛眼儿扑闪扑闪，也就拿上了。

车　夫

　　车夫老彭住在西门外。西门外，原是一弯古河套。

　　古河套里住着好些像老彭那样外乡来盐区混穷的人家。他们多为码头上扛大包的汉子，或是周边赣榆、沭阳、响水、涟水那边来盐区修鞋、配钥匙、镉缸、补盆的匠人，以及打朝牌（烤饼）、酱咸菜、倒鸭肠子、收鸡毛的小贩。他们三五户围成一个小院，前后院落间，同样也留出宽窄不一的街巷。乍一看，也是一个村庄。

　　只是那里的人家，都住在河坡底下。出西门，到河坡下，要经过一段很长的慢坡。上坡的年轻人，蹭蹭蹭，跑出一头热汗，便跑到西门外的石栏杆那儿，回头一望，刚才与他们一起蹭坡的老头、老太太，正坐在半坡那儿，敞开胸怀，摇着衣襟歇息呢。

　　好在下坡时挺顺溜，尤其是推车、挑担的人，下那道长坡时，如同身后有人推着似的，脚下的步子不由得就会加快，赶到慢坡下有人家居住的地方时，陡然从街巷里窜出一群孩子或是两三只狗呀、猫的，你想收住脚步避开他们，都要拱腰凹肚、强收脚步才行。

　　拉板车的老彭，大名彭家礼，就住在慢坡下面一个小院里。

　　晚间，小院里人家，吹灭灯火，哄着孩子，说："马猴子（狼）要来了！"骗小孩子快些睡觉。

那个时候，也不知道为什么，大人们哄小孩子睡觉时，总是说狼要来了。好像谁家的小孩子要是不睡觉，恶狼就要来把他给叼走。再就是小孩子只要是听大人们的话，乖乖地闭上眼睛睡觉，老狼就不叼他了。真是怪呢！

而小孩子被哄睡了以后，大人们往往也都跟着睡了。

可此时，若是院门外突然响起"咣啷！咣啷！"的板车声，那一准是老彭回来了。

老彭在盐场拉板车，只因为他们拉盐的板车借风力来助推，盐区人管他们排成一条长线的板车队叫风车队。

民国年间，那是盐区难得一见的一道风景。当时，板车上的胶皮轱辘，都是从青岛或上海那边购来的洋玩意儿，属于盐区很稀有的物件儿。现在的孩子，看不到那样的风车队了。

他们在板车边框上竖起两根竹竿，竹竿上方兜起一块帆布，如同一床小棉被似的，借助于风力的鼓动，助推着盐车，拉车人可省力气了。尤其是空车放行时，板车前头留一个盐包压重，也叫压翘。车夫们将原本套在肩上的车绊卸下，单脚踩在半空，两手把控着车把，巧借板车前头的压翘之力，另一只脚，时而悬空、时而蹬地，助推着板车，如同搏击风浪的帆船一样，在盐道上一起一伏地行驶，比奔跑的驴子都快。

车夫老彭，晚间放空回家，临到西门口慢坡那下滑时，"咣啷！咣啷！"的车响声，往往会惊动已经入睡的四邻。尤其是老彭在外面喝点酒回来时，生怕人家不知他是喝过酒回来似的，"咣啷！咣啷！"的车响声，格外爆响。

那样的时候，已经入睡的人家，猛不丁地被老彭的车响声惊醒，关系好一点的，会嘀咕一句说："是家礼！"与老彭有过节的，就会在心里骂他娘一句，翻个身，继续睡去，或半天睡不着了。

老彭知道他的车响声，惊扰四邻。所以，他每晚回来时，若不是喝了太多的酒，他会在下坡前就放慢车速，甚至在下坡时，用身体阻挡板车下滑的速度，以便在板车拐进小院时，所发出的声响小一些，或更小一些。即便如此，睡眠不好的人，还是被他的车响声给惊醒了。但是，特殊情况下，老彭的车响声，反倒是小院人家的希望呢。

譬如，某户人家的男人半夜里肚子疼，想去天成大药房看大夫，婆娘背不动，便会想到老彭的板车刚才响过。

于是，摸黑来敲老彭家的门窗。

"家礼，家礼你睡下了吧，孩子他爸肚子疼得不行啦！"

言下之意，想求老彭的板车给跑一趟。

那样的时候，老彭两口子都会披衣下床，帮助那户人家把那男人抬上板车，送去城里看大夫。

再就是小院里有人要搬家，找到老彭时，老彭会说："这样吧，明早五更头上，你早点来喊我。"老彭想利用他去盐场拉盐之前的时间，先帮助那户人家拉一趟盆碗锅灶。

老彭的板车，不是他个人的，是盐场东家的。

老彭在那个时候，能拉上东家胶皮轱辘的平板车，不亚于当今给集团公司的老总开专车，那是一份相当荣耀而又美气的差事。加之早晚他能把车子停到自家门口，眼热着左右邻居不说，时不时地，他还能偷点盐回来散和散和（分给大家吃）。

小院里人家，或多或少地都吃过老彭家的盐。

老彭的婆娘，一个脚板裹成三角粽似的小脚女人，还会趁夜色，用一个灰布小口袋，装一些盐到街口小卖店去换些酱油、醋、火油什么的贴补家用。

那可是外人不知道的。

这年秋天，正是起盐、运盐最忙的时候，小院里人家突然听不到老彭午夜回家的板车声了。大伙儿原认为那一阵子盐场里忙，老彭吃住在盐场里了。可过了几天，人们发现老彭不拉板车了。他改行到码头上扛石料去了。

有人说，老彭运盐时偷盐，被人抓到了。也有人说，老彭偷回家的盐，小院里有些人家没有吃到，弄得人家心里疙疙瘩瘩的，再加上老彭午夜喝点酒回来时，把车子弄得山响（山上炸石头声），惊扰大家休息了。种种原因吧，传到东家的耳朵里，东家就把他拉板车的活计给拿下了。

老彭不拉车时，就没有先前拉板车时那样风光了。他进出小院低着头，不但是没啥声响，反倒很少有人看到他。至此，小院里人家，夜夜都能休息得很好。唯有老彭，时而会在黑夜里发出一声长叹："哎——"

仇　人

　　土改的时候，亮生家分到地主张茂家三间青砖灰瓦的大瓦房，外加一个挺敞亮的大院子。

　　有人说，亮生家之所以能分到张茂家那样宽敞、明亮的大瓦房，是因为亮生有一个好舅舅。

　　亮生的舅舅，是教书的。周边几个村子里的人，都尊称他贾先生，挺有威望的。

　　亮生呢，凭着他舅舅的威望，分到了张茂家的大瓦房，也在情理之中呢。

　　亮生一家欢欢喜喜地搬进大瓦房以后，他们家先前蜗居的那两间破茅屋，没有熬过当年夏天，便被雨水给泡倒了。

　　但是，那块宅基地，还是亮生家的。

　　只是老房子倒了以后，那块场地很快就成了小孩子们跳绳、打拐腿、玩跳跳房（游戏）的场所。附近人家杀鸡、宰鸭的鸡毛、鸭肠子啥的，也都往那边倒。行人路过那里，若想方便一下，也会拐进那边墙角去扒裤子。

　　亮生两口子看那地方闲置着怪可惜，便把当院里的碎石头、烂鸡毛、枯树枝啥的捡拾出来，就地暄土，种上了辣椒、茄子和一垄垄翠茵茵的菠菜、韭菜——当作自家的菜园子。

　　可他们没有想到，那菜园子紧挨着村庄，或者说他们拾掇出来的那块菜园子地，原本就在村庄里面，所种植的青菜、瓜果，时常会被周边人家的鸡呀、鸭的给啄食了。

亮生家的女人，看到那样的情景，往往会拉长了脸子，站在菜园子里吆喝两声，有时也难免会骂上几句脏话呢。

亮生不骂人。亮生不声不响地找来些破旧的渔网子，把菜地的四周给围拢起来。那样，自然就挡住了馋嘴的鸡鸭。同时，在种植上，他尽量选择鸡呀、鸭们不愿意上口的大葱、韭菜之类。有时，也种玉米、高粱和地蛋（土豆），让那些钻进菜园子里的鸡呀、鸭们，只能在玉米、高粱叶的下面乘凉，却啄食不到地下的土豆和高悬在青棵上面的玉米棒子和红彤彤的高粱。

这一年，布谷鸟报春的时节，亮生家种植的两畦子长势正旺的大蒜，一夜之间，不知被什么人给齐刷刷地拦腰砍倒了。

那个狼狈的场景，极为难看。被砍倒的蒜苗，就像是被洪水冲击到岸边的浮草一样，一堆一堆、一垄一垄地倒伏在菜地里。前来围观的乡邻，三三两两地咬耳朵，都在猜测亮生家得罪了什么人。否则，人家不会背后捅刀子。

那时间，亮生家的大蒜，都已经长至筷子样高了，再有十天半月，就要起蒜薹，结大蒜了，可偏偏就在那时间遭人算计。

亮生家女人站在菜地里扯开嗓子骂。

亮生虽说没有像女人那样去骂人爹娘，但他心里同样是窝着火呢，他恨不得立马从人堆里揪出那个仇人，将他用铁锨一劈两半。

所以，亮生在乡邻们围观的时候，他始终一句话没讲。

后来，村里的干部们来了，亮生的舅舅也来了，亮生这才用手中的铁锨，挖出一坨坨白生生的蒜苗根，让他舅舅看，让村里的干部们看。确实是怪让人心疼的！

亮生的舅舅，是清朝的秀才，年岁挺大啦，人们都很敬重他。乡邻之间，好多地保、乡党解决不了的事情，到他这里反而能把事情给了结了。而今，外甥家遭人算计，托人捎信给他，他自然要过来看看。

贾先生来了以后，围着那菜园子左右看了看，便跟村里的干部们说："你们都回去吧！"好像他外甥家的这点小事情，用不着惊官动府，就让他这个做舅舅的来处理好啦。

但是，贾先生那人，是啃书本、教小孩子的，他不晓得庄户人家种植大蒜的艰辛。

盐区这地方，种植大蒜与种植小麦是一样的，同样要选在头一年的后秋，把大蒜一瓣一瓣地掰开，深埋进松软的土层里。当年冬天，它会冒出一点翠绿的蒜芽。但冬季里过于寒冷，那蒜芽长不高，只有熬过寒冷的冬季，它才会舒展叶片，长成一棵棵小青树一样的大蒜。其间，也就是冬天最为寒冷的日子里，细心的人家，还要找些蒲草或是草木灰啥的，覆盖在那翠嫩的蒜芽上，以防蒜芽被冻伤。

贾先生不管那大蒜是怎么生长的，他的第一反应与众人是一样的，那就是外甥家得罪人啦。而且是得罪了一个不敢与他们家正面交锋的人。那个人躲藏在黑暗中，类似于包裹在软泥中的硬石子，猛不丁地硌他们一下。

贾先生把外甥一家召集起来，开了一个家庭会。会议的方式嘛也很独特,贾先生摆开纸砚,如同平日里替乡邻们写诉状那样,将外甥的家人们,一个一个单独叫到他跟前来问话。

问话的内容,自然是每个人平时与谁结怨、伤害过什么人、做错过什么事情等等。

外甥一家,认为舅舅那样仔细盘问,是要写一份诉状,引导官府,将那个暗中的仇人给揪出来。于是,一个个都苦思冥想地反省自己,并推测出之前与自己结怨的仇人。

贾先生伏案记录着。末了,贾先生又把外甥一家召集到一起,说:"对方以两畦子大蒜,了结了一段恩怨,这已经是很好的结局了。"言下之意,此事就不要再去追究了。

说完,贾先生起身告辞时,顺手从他那皱巴巴的长衫里摸出两张纸币,扔到外甥家的饭桌上,算是他来补偿那两畦大蒜钱。

至于,贾先生刚才记录的仇人与事件,他先是握在衣袖里,待他走出外甥家以后,当即将其撕碎,抛扬在街口的大风里了。

豁　口

　　渔民们晾晒虾干时，能把码头的石阶上、围堰上、房舍上、马路两边铺设的芦席上，摆弄得红彤彤的一片连着一片。汪泗看到那样的景致，就如同鱼鹰盯上水塘里的鱼花一样，来回在那徘徊。

　　汪泗不买虾干，他只等着收购人家拣走虾米（虾仁）后的虾壳儿。

　　旧时，盐区没有冷库、冰箱。渔船入海所捕获来的鱼虾，急于出售。而一时又等不来买主，只有将鱼用盐腌制，便于长时间保存；再者，就地起灶，将欢蹦乱跳的青壳虾，煮熟、晒干、脱壳，保留其殷红的虾米（带壳的为虾干），得以储藏。否则，不管是鱼，还是虾，离水（海水）以后，很快就会腐烂掉的。腐烂的鱼虾，极为腥臭！百米之外，行人要掩鼻快步躲过。

　　所以，每逢渔船归港、鱼虾上市时，码头上就有人支起大锅、架起柴火，将一筐一篓的青壳虾，煮熟，晾晒。

　　汪泗推辆独轮车，整天在码头上转悠，看到哪家腌鱼、煮虾，他会主动帮助人家打下手（帮忙加盐，或是往大锅底下添把柴火）。目的，就是想讨要人家的虾壳儿。

　　汪泗知道，渔民们不拿虾壳当作什么值钱物儿。他花很少的钱，或是不花钱，就可以把人家抛在路边的虾壳，装进

口袋运回家。

那虾壳，到了汪泗手上就成了宝贝。他先让女人去分拣。虾壳中往往会夹带一些花壳蟹、小杂鱼。有时，汪泗也会偷些鱼虾混进那虾壳里。

女人顶个花头巾，一手拎个小篮子，一手拿个小爪钩（扒篱），在那红乎乎、腥歪歪的虾壳里翻腾，拣出虾壳中的小鱼、小蟹，或是没有脱去虾肉的虾干，分类以后，可以另价出售。而剩下大部分空瘪的虾壳，再摊平在自家院子里曝晒一番，直至将虾壳晒脆后，用碌碡碾成碎末，推到西乡山旮旯里去，哄骗那些没见过大海的山里人家——当作虾籽卖给他们。

回头，汪泗从西乡回来时，也不空车，他会带些山里的核桃、板栗、大红枣儿、黑木耳啥的，加价卖给盐区的有钱人家。

盐区这边，好些人家的鱼虾吃不完，晒成鱼干、虾仁以后，也会交给汪泗带到西乡山区去代卖，或是让他去给换些高粱米、地瓜干（山芋干）啥的。

所以，汪泗每回往西乡去卖虾糠时，他的车把上、车架下面的兜兜里，总会装一些零零散散的包袋。那都是平时与他关系不错的人家，托他给代卖的"干货"。就那，汪泗也不会白帮忙，他或多或少地都要从中"落"一点。

当然，也有一些人家，本身家境就很困难，再加上所捎的物品又不是太多，他汪泗也就不克扣他们了。譬如南街的曹婆子（一个孤老太太），早年间专为女人接生孩子的。他汪泗没准就是她给接生的。剃头的田福，向来不收他汪泗的理发钱。还有巷口的田水香，一个女人带俩孩子，就住在他家巷口那儿。那样一些人家，汪泗不忍心再赚他们的钱。

但，大伙儿都会记住汪泗的好。譬如南街的曹婆子，每回见到汪泗家女人领着孩子来南河沿洗菜，她拧着一双小脚，追老远都要塞两个热鸡蛋给那孩子。汪泗所帮过的乡邻，人家心里都是有数的。

汪泗呢，别看他家里整天堆放着腥鱼、烂虾，招引着附近三四条街巷里的猫，半夜三更地都往他家院子里去寻腥儿。而他汪泗出门时，尤其是要到西乡去兜售虾糠时，他会礼帽、长衫地穿戴着，如同乡间的教书先生。

其实，汪泗不识字。

但汪泗兜里见天揣着纸和笔。张三给他两斤虾米，王五给他三斤鱼干，他怕忘记了，会找个识字的人帮他记在纸上。有时，他也会画个别人看不懂的符号来作标记。譬如田水香膝下有两个孩子，他就画一个大圆圈旁边各坠着一个小圆圈，类似于汉字中的"品"字。那样，汪泗就能把乡邻们给他捎带的"干货"数记住。十天半月后，他从西乡回来，再翻出"账本"，与乡邻们一一兑付。

平时，汪泗很少在家的。他不是到码头上收虾壳，就是到西乡去卖虾糠。

汪泗的女人，带着孩子守在家里，守着两个空空的院落。西院里，只有一个小棚子，那是汪泗专门用来看守虾壳的。一到晚间，孩子上个茅房都挺害怕的。

汪泗家的茅房在西院。

盐区这边刮东风的时候比较多，尤其是晚间，几乎夜夜都是东来风（海上吹来的风）。所以，家家户户，都会把储脏纳臭的茅房，放在家院的西南角上。

晚间，孩子要上茅房，怕黑！女人就得陪护着。有时，女人也会陪孩子一起在那蹲坑儿。

这天晚上，女人领孩子刚在茅房里蹲下，院墙外面闻腥的猫儿，忽而"喵——"地叫了一声。

孩子顽皮，也跟着那猫儿"喵——"了一声。

不料，孩子那一声猫叫，引来了一个大活人。那人，从西面墙头的豁口处翻进院子，还在那"喵，喵——"地叫。

汪泗的女人听出对方的脚步声，断喝一声："谁——"

那人闻声后，转身翻墙，跑了。

那一刻，汪泗女人心里吓得"扑扑"的。

当夜，汪泗女人几乎没有合眼。

次日一大早，女人在西墙脚的豁口处，发现一朵细布挽结的头花。那头花，巷口的田寡妇好像戴过。

田寡妇，就是田水香。

此事，女人没对外人说。以至于汪泗从西乡回来后，女人也只是轻描淡写地告诉他，说是在西院墙脚豁口那儿，捡到一朵布花朵。至于，那天晚上，孩子学猫叫，引"猫"来的事，女人暗自抹过两回泪水后，压在自个儿心里了……

好在，数日后，汪泗有所悟，他推车去盐河滩上，挖来两篓带草根子的泥块儿，默默地把那豁口给堵上了。

对　戏

三朵儿参加了宣传队。

三朵儿原名三多，她自己把名字改成了三朵儿。

三朵儿上面有两个姐姐，大姐叫梅子，也就是大梅子。二姐叫二梅子，临到她，本应该叫三梅子。可爹妈偏给她起名三多。大概的意思嘛，可能是二老盼望生个男孩子，结果又是个丫头片子，爹妈嫌家中的丫头太多了，就给她起名叫三多。

"三多——"

"三多儿——"

小的时候，不管谁喊她"三多"还是"三多儿"，她都脆生生地答应着。赶后来，三多儿长大了、懂事了，知道"三多"是嫌弃的意思，她便给自己另起了一个名字——三朵儿。

发音差不多，但意思变了。

那个时候，谁再板着舌头叫她"三多""三多儿"，她就不答应了。若是真有人跟在她身后，喊她："三多，三多，三多儿！"她会猛然回过头来，冷板着小脸质问你："你喊谁三多呢？"随即，她会卷起舌尖儿，教给你，"我叫三朵，你喊我三朵儿。"被她纠正的人，看她那凶巴巴的架势，猛不丁地还会被她吓一跳呢。

可接下来，人们真的就叫她"三朵儿"啦。

三朵儿比她两个姐姐长得都俊，大队里组织戏班子，专门挑她去排戏。

盐区刚解放那会儿，县里、公社、大队（村），层层都有文艺宣传队。大家说快板、扭秧歌，演活报剧《斗地主》，也演传统的大戏《三世仇》《卷席筒》《白蛇传》《光棍哭妻》等等。

那个时候，人们对文化生活的要求不高。村里人自发地组织起戏班子，登台演出时，演员们在后台涂个大花脸，或是画个黑眼圈、描个白鼻梁，走上戏台以后，能把大家逗乐了（有时也能把大家给演哭了），那就是好戏。

家良家，盐河北乡嫁过来的新媳妇。她在娘家那边就是村子里的台柱子，公社组织文艺汇演时，她演《白蛇传》中的白娘子。嫁到这村里来以后，很快就被"挖"到戏班子里头，仍然让她扮演白娘子，与她配戏的那个演小青的演员，偏巧就是三朵儿。

三朵儿与家良家住东西院儿。

每天晚饭以后，大队部里招惹人的锣鼓家什一响，家良家就会趴在墙头的豁口那儿喊呼三朵儿：

"三朵——"

"三朵儿——"

那样的时候，三朵儿多数时候是在饭桌前捧着个黑瓷碗喝稀饭，听到家良家喊她，她的小脸会冷板着，假装很不高兴的样子噘着个小嘴巴。可她心里早就盼着家良家喊她呢。刚才，也就是三朵儿和她两个姐姐从田里干活回来时，看到

家里的晚饭还没有做好，她还着冷着个小脸不高兴呢。

家里人不怎么支持三朵儿到戏班子里去穷摆儿（臭美）。所以，每回家良家在西墙根那儿喊三朵儿，爹的眼睛就瞪大了。两个姐姐虽不说啥，但她们会示意三朵儿快答应人家。三朵儿偏不吭声，好像家良家喊她去排戏，她自己很不情愿似的。

做娘的耐不住，端着饭碗走到院子里，跟家良家隔着墙头说："又要去排戏呀！"随之，她会告诉家良家，说："多（朵）儿正在吃饭呢。"或是告诉家良家，说："她马上就吃好了。"

回头，三朵儿放下碗筷，转身跑到院门外，见到家良家时，立马就像变了个人似的，欢快得像只蹦蹦跳跳的小兔子。

三朵儿没有读过书，戏文中的好些台词，都是家良家，还有那个扮演许仙的小学老师，一句一句教给她的。

所以，三朵儿一见到家良家，就会把头天晚上记下的台词儿，一句一句地说给家良家听。有时，说着说着，她自个儿便觉着不对了，随即摇起手来，说："错了错了，记错了！"

那样的时候，家良家就会很有耐心地再教给她。

家良家演过好多场《白蛇传》，此番再让她演白娘子，她就是老演员了，舞台上的戏词呀，动作呀，还有道具什么的，都是她来做指导。譬如，她与三朵儿，也就是白娘子与小青的那些对白，她们俩在去大队部的途中，就开始你一句她一句地"对戏"了。

晚间，排练结束以后，三朵儿想起某一段唱词忘记在哪里起调了，她还会缠住家良家，或是那个扮演许仙的小学老师，再从头教给她。

应该说，那段时间，三朵儿学戏是很认真的。

问题是三朵儿的家人始终不支持她学戏。尤其是三朵儿娘，每当三朵儿晚间回来得太迟，她就会拉长了脸子审问她："怎么这么晚才回来？"

三朵儿不吭声。

娘就生气了，斥责她："问你话呢！"

三朵儿噘起小嘴，搪塞一句，说："刚散场。"

娘说："锣鼓家什早就停了！"言下之意，大队部那边排戏的人，早已经散场回家了，你个死丫头，这大半天的，死到哪里去了。

三朵儿只好如实说，她与家良家，或是与那个扮演许仙的小学老师对戏词去了。

娘不管她对什么词儿，娘只骂她："一个女孩子家，大半夜的在外面疯，早晚会把祖宗的脸面给丢尽的。"

三朵儿不听娘的话，仍然是每晚排戏很晚才回来。

娘便阻止三朵儿去排戏。

娘除了每天把晚饭做得更晚，就是限定三朵儿晚上回家的时间。再后来，干脆就不允许三朵儿演小青，不让她到戏班子里去了。

三朵儿躲在小里间哭，好像还摔打了什么东西。

三朵儿想去排戏，想去演小青，想到戏台上去表演那提臀、收腹、脚跟儿着地的碎步小跑。

娘不让，娘找来一把小铜锁，把她锁在小里间里。

三朵儿踢门，砸锁，娘不搭理她。

三朵儿一气之下，喝下了做豆腐用的卤水儿，也就是歌剧《白毛女》中，杨白劳喝的那种咸卤汤。

三朵儿死了。

三朵儿死时，穿着她平时喜爱的一件毛线衣。婶子、大娘们围过来帮助收殓时，想到她穿着带"毛"的衣服上路，来世会托生为长毛的猪呀、狗呀、羊呀啥的，不吉利，便想给她把毛衣脱下来，换上传统的棉衣、棉裤。

没承想，一旁的三朵儿娘，伸手扯起三朵儿的毛衣时，立马又停下了，并转身告诉身边的婶子、大娘们，说："这死丫头，这么狠心地撇下爹娘，就让她穿着毛衣上路吧！"言下之意，让她来世托生个猪呀、狗的去吧。

但那一刻，娘的心中却藏下了一个天大的秘密，她发现三朵儿的小肚子鼓起来了——三朵儿未婚先孕了。

过　招

　　贾先生在镇西盐务所的旧址里办学时，那已经是民国了。政府倡导完小（公办学校），逐步取消私人办学。贾先生感觉到时局有变，便放宽了招生条件，周边五六个村里的孩子，但凡家有隔夜粮的，背上三五斗谷子、玉米投奔过来，贾先生也都是收留的。

　　贾先生的那个办学点，紧挨着长贵家的大田和菜园子。或者说，贾先生执教的学堂，就坐落在长贵家的田地里。长贵就近搭建了一座茅房（厕所），孩子们鼓了尿屎，都会到长贵家的茅房里去方便，给长贵积攒肥料。

　　长贵家虽然没有孩子在贾先生门下读书，但长贵隔三岔五地会给贾先生一些青菜、瓜果。赶在夏季里收麦子，长贵还会把当年打下来的新麦磨成面粉，给贾先生家送一些去，让贾先生一家早早地吃上暄腾腾的新面馒头。

　　长贵是盐区这边的小财主。

　　长贵的名下，满打满算也不过就是十几亩田地。农忙时，他会和雇工们一起播种、收割、扬场。平常给庄稼施肥、捉虫、浇水，包括夜晚护秋（看守快要成熟的庄稼），他都是自己顶上的。

　　长贵的身板可硬朗，人也勤快。他爱惜土地，如同关爱自家的婆娘、姨太一样，大小田块儿，一概精耕细作。他那十几亩旱田，每年所打下的粮食，赶上旁人家三五十亩薄地的收成。

在盐区，像长贵这样的人家，称之为肉头户（自收自足）。人们通常叫他们"满壳黄"。

满壳黄，本意是指鲖蟹（梭子蟹）肥美时，蟹壳里面的膏（蟹黄）都顶到蟹壳里层的尖尖上了。那时节的鲖蟹，最为肥美。而那个"满壳黄"的称谓，转嫁到他长贵的身上，显然是说长贵他们家里挺富有，如同蟹肉满壳的时候一样，"鲜货"都藏在壳里——不张扬。

长贵守着贾先生的学堂，没事就在孩子们身上打主意。夏天，他买瓜给孩子们吃，哄着孩子们去河堤、陡坡上薅青草、捋树叶，帮助他积攒肥料。那些看似翠盈盈的绿树叶、长青草，弄到长贵的粪池里，覆盖上一层厚厚的泥土，十天半月发酵以后，就是上等的土杂肥呢。

冬天，长贵蛊惑孩子们捡粪。长贵把捡粪的铲子、筐子都给孩子们准备好。让各村来读书的孩子们，在上学的途中，或回家的路上，捡拾马路上的驴屎马粪。长贵给他们的回报是，每20斤驴屎马粪小狗屎之类，可以折合一斤干麦或一斤三两玉米。赶到秋后，贾先生向学生们收缴学费时（集粮），长贵就会如数替他们把粮食垫付上。

这样的好事情，对于许多家境贫寒的学生来说，可谓是天上掉下馅饼来。他们在上下学的途中捡粪，如同拾草赶兔子——两不耽误。何乐而不为！

问题是，每个村子里来贾先生这边读书的孩子，每天上下学时所走的路径，都是同一条道儿。走在前面的孩子，把马路上的粪便捡走了，后面的孩子可能就无粪便可捡了。精明一些的学生，会选择另外一条道儿去捡拾粪便。或干脆绕至村头巷尾，专门去捡拾粪便呢。

那时间，粪便对于那些读书的孩子来说，就是学费，就是金灿灿的麦子、黄澄澄的玉米。

长贵呢，自然也是抓住了孩子们的心理。他一面鼓动孩子们去捡拾粪便，滋养着他的庄稼；一面变换着招数，来克扣孩子们捡拾粪便的斤重。

长贵不是每天都来称量粪便。他让孩子们把捡来的粪便，一人一堆地晾晒在茅房旁边的粪场上，经历风吹日晒，去掉一部分水分以后，他再来过斤重。即便如此，长贵还不忘在秤上做手脚。称粪时，他会扯拽秤砣往下拉，原本二十几斤重的物件，瞬间被他拉成十三四斤的样子。而称（除）筐皮时，他再把秤砣往上抬，两三斤重的筐皮，他能给称出五六斤来，底翻上的一折扣，孩子们辛辛苦苦捡来的粪便，瞬间被他秤上、秤下地折扣去大半。

长贵的那些伎俩，无非是想花很小的代价，去换取他庄稼的丰收。

事实也是如此，长贵自从搭建了那茅房，蛊惑小孩子们替他捡粪，他家菜园里的青菜、大田里的庄稼，都比旁人家的长势好。应该说，长贵在收购粪便上的投入，得到了成倍或翻了几倍的回报。而被长贵所折扣与盘剥的孩子们，久而久之，似乎也悟出了长贵那些骗人的把戏。

于是，孩子们与长贵展开了对峙。

长贵让孩子们把捡来的粪便摊放在太阳底下晾晒，他们就偷偷地往粪便上洒水；长贵不让孩子们在粪筐底下垫土，孩子们就把泥土掺进稀溜溜的牛粪里，让他无处查土；长贵在秤砣上下压、上抬，小孩子们就睁大了一双双小眼睛，紧盯住长贵手中的秤杆儿喊呼："秤高了！秤低了！"或直接指着长贵的手腕叫喊："手手手！"弄得长贵也很尴尬。

更为离奇的是，有一天，长贵手持学生们"卖"给他的"粪便"，找到贾先生这里。

贾先生一看长贵持"粪"而来，当即避让三丈，并一再示意他赶快把手中的"粪便"扔开。

长贵不扔，长贵说："不脏！"

贾先生疑惑，粪便岂有不脏之理？

长贵把他手中的"粪便"，捏给贾先生近距离地观看。

原来，那"粪便"，是孩子们用竹筒子倒出来的泥巴坨坨（冒充粪便）。以此来哄骗他长贵呢。

贾先生当着长贵的面，狠剋了他的学生。可当长贵走后，贾先生了解到长贵之前的一些不良行径，再想到那个与长贵过招的学生竹筒造粪。其行为虽然与长贵一样不道义，可他的想象力和聪明度，更胜一筹。

贾先生心里想：此生，前途不可限量。

事实证明，那个用竹筒子造"粪"的学生并非凡人，他后来成为中华人民共和国水声学的奠基人、大气学的专家。他的名字叫汪德昭（1905—1998）——盐区走出的第一个"两院"院士。

先 生

先生，就是开馆办学的贾先生。

贾先生开馆办学的后期，赶上了"废科举，兴学校"。各地的教馆、私塾，一概停办，或改为官方的完小。各家教馆、私塾里的先生，不再称先生，改叫老师。但是，贾先生还是先生。你叫他老师，他是不答应的。倘若你真是在他背后喊他"贾老师，贾老师！"，他听见了也装作没有听见，依旧夹着书本，不紧不慢地走他的路。

你若紧赶几步，追上他，扯他衣衫，叫他贾老师。

他停下脚步，会反过来问你："谁是贾老师？"

他这一问，顿时就把你给问住了。贾先生也不纠正他是贾先生。他会自言自语地嘀咕一句，说："没有礼数。"

贾先生所说的没有礼数，是说对方没有礼貌。但，贾先生不说"礼貌"，他说"礼数"。

贾先生是晚清的拔贡。若不是大清灭亡得太快，或者说，要不是他本人年岁过大，他此刻可能正端坐在国子监里，摇头晃脑地直呼"之乎者也"呢。

贾先生被选为拔贡的时候，是穿过朝服的。如同当今的"授衔"，或胜比"授衔"。因为，晚清的拔贡，享有朝廷俸禄。

民国替代了大清以后，民国政府断了他的俸禄，还关停了他的教馆。其间，倒也给他留出一条生路，请他到完小去授课。贾先生思量再三，便做了进步人士——答应去完小授课。

与贾先生同期的举子、秀才，或是正准备去考举人、秀才的读书人，好多都跳井、投河了（以示抗议）。街面上，猛然间多出的疯子、傻子、花痴，大都是衣着长衫的读书人。他们十年寒窗所储备的科举之功，如同一条奔突的河流，瞬间被堤坝给拦截住，无处流淌。于是乎，他们或撕扯书本，或疯疯傻傻地往丈人家求亲，皆是满口"之乎者也"。贾先生虽说没有疯傻，但他是那些疯傻文人的联邦，他见天穿一件衣袖很宽大的蓝布长衫。冬天，寒流来袭时，你会替他担心那样的长衫，穿在身上是很不保暖的。可他就是那样穿，而且是一年四季。

在贾先生看来，他若不穿那样的长衫，他就不是贾先生了，甚至走道都会不自在了。贾先生穿戴的另一个特点是，他头上那顶已经包出浆来的瓜壳帽，四季不离；再就是他那副瓶底圆的锈琅镜，如同七品芝麻官的一对纱帽翅，见天担在他的鼻梁上，还不时地左右摇晃。

贾先生初到完小时，校方对他很尊重，聘他为名誉校长，他沉默不语（算是答应了）。但是，让他到新民师范去接受培训，他却恼了！

贾先生指着自个儿的鼻尖儿，质问完小的领导："让我去接受培训？"贾先生没好说，他已经是大清的拔贡了，谁来培训他，培训他什么？

但，贾先生有所不知，民国教育改革，在保留国文教育的同时（这也正是完小挽留他的原因），推行的是西方的教育

模式（含有数、理、化）。可贾先生就认定他的"八股文"，誓不接受新国文教育。新国文课本中有一课《四九间》，原文是——

> 四九间
> 大雪天
> 穷人缺吃又少穿
> 浑身冻得打战战
> 哎哟哎嗨哟
> 浑身打战战

贾先生抖落着那课本，愤愤不平地说："岂有此理，岂有此理乎！"他当着好多同学、老师的面儿，把那白开水一样没有味道的新国文课本给撕个稀巴烂，并丢进粪池内。口中还念念有词地斥责道："误人子弟！误人子弟也——"

类似的事件，可能还不止贾先生一例。

所以，上面要求把贾先生那样有学问的清朝读书人集中起来，接受新国文教学的引导与培训。

贾先生不去。

贾先生我行我素。

贾先生在完小给孩子们上课时，不按新课本上的内容去教授学生，也不受"课程表"的约束。他想来上课，夹着书本就来了；他不想来上课时，有他的课时他也不来。

贾先生有夜读的习惯。每日晚饭后，家人洗漱上床，他却伏案夜读。午夜过后，他需要吃点夜宵，然后修禅、打坐，至东方欲晓，再上床就寝，一觉睡到次日午后，起床进餐、用茶后，再去教授学生。校方尊重贾先生的生活习惯，把他的课程安排到午后。就这，他还是想来就来，不想来就不来了。

再者，贾先生所教的学生，他要求"带着走"。也就是当今的"跟班走"。他不接受别人教过的学生再转交给他来教。他说那样转手来的学生，如同一条板凳，被前任木匠安上腿脚，到他这里就不好矫正了。

现在想来，贾先生的那种教学方法还是可行的。以至于现在的某些中小学，都在应用贾先生"带着走"的教学方法。

但是，贾先生的自我教学模式（不接受任何约束），就很不好办了。

有那么一段时间，校方看贾先生来了，赶快把别的课停下，让给贾先生去上课。再后来，干脆不硬性安排他的课。只等贾先生来了，便组织起学生们让他"上大课"——把多个年级的学生集中在一起，听贾先生谈古说今。

应该说，那已经是校方没有办法的办法了。但是，尽管如此，贾先生还是我行我素。直到有一天，全校好几百学生，端坐在大会堂里等他来上国文课。他却没事人一样，一个人在大街上溜达着玩。那个时候，贾先生的心中，可能已经没有他的学生了。

那一年，贾先生七十有二。

又过了一年，贾先生说他已经活到孔老夫子的年纪，可以走了。果然，就在那一年小麦扬花的时节，贾先生走了。

抢　粮

二旦子是永顺糟坊里的运粮工。永顺糟坊里好像就应该有二旦子那样的运粮工。而且还不止一个。

永顺糟坊是酿酒的。

酿酒要储备粮食。而储备粮食的地方与酿酒的作坊，一处需要干爽，一处整天都要浸泡在水里，自然是不能混在一起的。所以，永顺糟坊把酿酒的作坊与储存粮食的库区，分为东西两个院落。二旦子他们每天所要做的事情，就是把西院里的粮食搬运到东院去。

东院里酿酒，整天雾气缭绕的。

西院里干爽，矗立着一排排高高的粮囤子。

那些粮囤子，类似于当今炼油厂的储油罐，底部用石块垒起一个个圆台子（防水），圆台子上部用木桩、秫秸、芦席围起一个个圆筒似的粮囤子，顶部盖以斗笠一样的"雨帽"。那样的粮囤子通风好，所储存的粮食几年都不会发霉变质。只是装粮时要搭起跳板，人力扛上去。而放粮时相对就简单了，粮囤的底部留有一个石磨嘴似的小闸阀。需要用粮时，闸阀往上一提，粮囤里的粮食，就如同小孩子挺直了腰杆撒尿似的，"哗哗哗"地就淌出来了。时而，堵塞了，用一根木棒或竹片往粮囤子里面捣一捣，瞬间会流淌得很欢。

二旦子个头大，身板儿也壮实，他往粮囤子里扛粮时，弯腰拾起个百把斤重的粮袋子，往肩上一搭，随之左手掐腰（抵住粮袋子），右手抓住上头粮包，步态很轻松地就爬上了七八米高的粮囤子。解粮时，他左手摸到扎口的线绳，猛地一拽，只听"唰啦——"一声，那口袋里的玉米或高粱，顺着他的脊背，"沙啦"一声，瞬间就抖搂干净了。

二旦子整天就守着那些粮囤子。晚间，他还要起更巡夜。高高的院墙坐落在后河沿上，而围墙上方还架有铁丝网，谁还能翻墙进来偷粮不成？可酿酒的"把头"（后期是日伪军）就是那样要求的。

日伪军来到盐区后，如同盐河边的尖嘴柴鸟抢夺灰斑雀的巢穴一样，上来就把永顺糟坊给强行占有了。随后，所酿出的"洪门"牌白酒，改名"太和"洋酒，专供他们日本人享用，盐区本地人捞不到上口了。日本人还把那"太和"洋酒，一桶一桶地装船运往外地。

有人猜测，日本人运往外地的"太和"洋酒，并不是去喝的。而是拉到前方战场给飞机当汽油用呢。也有人说，他们把那些香醇的美酒运往东京，孝敬他们的天皇老子去了。至于，那一桶桶浓度极高的白酒，到底被日本人运往了何处，盐区人无人知晓。

日本人用铁皮桶运送白酒，封口时找来锡匠铺里的刁家父子，让他们用焊枪，直接把桶口封死。

那可是个危险的活计，焊枪"走火"以后，很容易引爆桶内的烈酒。所以，每回封口时，日本人都让二旦子他们几个运粮工，担水在一旁守候着，以防止酒桶爆炸。好在，刁氏父子的手艺好，他们每回都能躲过那难以预料的劫难。

日本人对白酒的管控很严。酿酒的人，不能沾酒。一旦闻到谁的口中有酒气，轻则吊打，重则割去舌头，或直接处死。对待周边前来偷粮、盗酒的百姓，更是逮着一个杀一个。

尽管如此，前来偷粮、盗酒的人还是有。

日本人把盐区人家的粮食都搜罗去酿酒了，百姓家中几乎没有隔夜粮，大伙望见小日本那高高的粮囤子，总琢磨着如何去偷盗，或是去搞破坏！其间，他们借鉴了二旦子放粮的招数，把撑船的竹篙掏空，前头削出一个尖尖的"劈枪"头子，趁夜色将小船划至靠近粮囤子的地方，隔墙将那竹篙插进芦席围成的粮囤子里，轻轻抖动一下，那粮囤子里的玉米、高粱，就像流水一样，顺着竹篙，"沙啦啦"地就流进高墙外河的船舱里了。

回头收篙时，猛地一抽，之前捣开的芦席，尚有一部分相连，随着粮食"回流"，顺势封堵住那个"口子"。一时间，让小鬼子们难以觅赃。

可这天清晨，日伪军忽而鸣锣高喊：

"售粮、卖酒啦——"

"廉价售粮、卖酒喽——"

"咣——咣——"

原本两个烧饼都换不来一两白酒，可那个清晨，日伪军所开出的价码是，一斤白酒，也就是半块烧饼的价儿。

人们围观，但都不敢下手去买。尤其是之前偷过小日本粮食的人，料定这其中有诈，甚至想到那粮食、白酒里被日本人下了毒。直到锡匠铺里的刁家父子赶来，他们用钢钎捅开装酒的铁桶，倒出大碗香醇的美酒带头畅饮时，乡亲们这才敢端着碗盆前来排队购买。

可此时，不知是谁发现当日门岗及售酒、卖粮的没有一个日本人，全是当地的"二鬼子"，便意识到日本人可能已经撤走了。随即，高喊：

"小鬼子跑了，咱们抢粮，抢酒哟——"

购粮、沽酒的人群，顿时乱作一团。

那一天，是1945年8月15日，日本裕仁天皇向全世界宣布无条件投降。而盐区这边消息闭塞，一时间无人知道。

永顺糟坊里的"二鬼子"，原认为日本人走了以后，他们可以坐享其成——发一笔外财。没想到他们的阴谋很快被人识破。

刹那间，人群中所爆发的冲撞局面，让为数不多的"二鬼子"难以把控。以至于，大伙抢了酒，扒了粮，回过头来，还把"二鬼子"们刚刚售粮、卖酒所得的一部分现大洋也给夺去了。

西院里，被日本人奴役的二旦子，看到眼前大伙抢粮的阵势，他先是一愣！随即意识到日本人逃跑了，他也想趁机抢点什么。于是，二旦子壮起胆子，拉起他平日里装粮、运酒时的那架平板车，如同一头受到惊吓的驴子，撒开脚丫子，就往他自个儿的老家跑。

当二旦子一口气跑回家，与爹娘说起永顺糟坊里的那粮食、那白酒，全都被人抢去时，他娘先是啧啧嘴，随之手背打着手心，说："我的傻儿呀，那你怎么就拖着个空车回来了呢？"

刹那间，二旦子愣住了！

说 合

那个女人是谁？

九奶奶恍惚地看到月牙塘对面独自坐着个女人。

那个时候，天快黑了。九奶奶忙着在塘边剖鱼、洗鱼哪。渔船上刚捕捞来的狗腿子鱼，条条都是亮晶晶的白肚皮——新鲜的鱼。

九奶奶顾不上去看水塘对面的那个女人。但她担心那女人掉进塘里。

这塘里的水可深了，九奶奶蹲在塘边洗鱼、剖鱼时，极为小心。

"滋，啦——"

九奶奶打鱼鳞时，如同木匠推刨花似的，将刀刃倾斜着，从鱼尾到鱼头，逆着鱼鳞的花瓣，一下一下刮得"滋啦啦"响。

说来也怪呢，那种灰背、白肚皮的狗腿子鱼，别管个头大小，鱼鳞一概像是细小的黑芝麻、白芝麻，还紧贴在鱼皮上，每刮一条鱼，都要翻来覆去地打理半天。幸亏九奶奶有耐心，她"滋滋啦啦"地在那一下一下刮得认真。

狗腿子鱼，又名辫子鱼。它头大尾细，乍一看，还真是有点像清朝男人脑后的那根独辫子。但它周身长着扎人的刺。

好在，九奶奶剖鱼有技巧。她先用剪刀把鱼鳃两边的燕尾刺给剪掉，再剪腹部、脊背上两排像小梳子一样尖利的鱼鳍长针。然后，刮鳞，破肚。

九奶奶给鱼破肚子也有技巧，她先用剪刀找准了那鱼的屁股眼，并将剪尖轻巧地伸进那"眼"里，随即用力往前一推，就听"扑——"的一声闷响，那鱼儿煞白、柔软的白肚皮，就像是布店的掌柜扯布匹一样，瞬间被撕扯开来。随后，取腮，拽肠，留其肝脏和它吞食在前半部分胃囊里的小鱼小虾，那也是上好的美味，连同洗干净的鱼肠子，一同放在鱼锅里炖熟以后，软糯而又清香。其间，还要把扇面一样的鱼尾巴留下来。鱼尾巴虽然不能吃，但摆在盘子里，好看！

当天，九奶奶拎来半篮子狗腿子鱼，她一条一条地在水塘边洗呀、剖地收拾干净，耗费了大半天的时光。

回头，等九奶奶拎起篮子里的鱼，准备回家汆汤炖煮时，抬头一望，水塘对面的那个女人，还坐在那棵倒伏在塘边的枯柳段上。

那时间，天已经黑了。

谁家的女人？怎么还坐在那儿呢？莫不是与公婆怄气，或是与自家男人吵架了不成？

九奶奶那样想着，便拎着篮子里洗得亮汪汪的鱼，拧着一双小脚，绕到水塘的那一边。感觉不认识眼前的那个女人，但她还是试探着问人家："天黑了，你一个人坐在这儿干什么？"

那女人低着头，紧拧着衣角不吭声。

九奶奶伏下身，打量了那女人的眉眼儿，似乎不是这村

里的人，再看她脸上的泪痕，隐约觉得这妇人心里有事情。于是，九奶奶就问她："你是哪村的？"

那妇人仍旧拧着衣角不吭声。

九奶奶知道，这小妇人一定是遇到什么难处了，她便扯她的衣袖，如同召唤自家的亲闺女一样，跟她说："走吧，跟我回家熬鱼吃。"

妇人摇摇头，且轻轻地掰开九奶奶的手。好像她就要坐在那水塘边，死活都不需要九奶奶管。

九奶奶呢，偏偏就在这个时候，想起这水塘里一些奇奇怪怪的事儿，她告诉那妇人，说这水塘里可淹死过人——

九奶奶絮絮叨叨地说，抗日战争那会儿，有个日本人的"狗腿子"（汉奸），赶在一天晚上喝多了酒，一头栽进这黑咕隆咚的塘里了。当时，那人还骑着一辆新崭崭的洋车子（自行车）。等人们把他从塘里捞上来，发现他光着腚。

当时，大伙都议论那个坏人是到某户人家偷女人被人打死后，连人带车给扔进塘里的。

后来，上面来人查实，是他骑车路过这塘边时，一条裤脚缠进"牙盘"里，将他连人带车地拽进水塘里了。人们推测他在水下时，可能想脱掉裤子，光着屁股爬上来，可他没有想到裤脚被缠住，裤子都脱到他腿弯那儿了，还是被淹死在这塘里了。

妇人听九奶奶那样一说，果然就不敢在塘边坐了。

接下来，也就是九奶奶领上那妇人，一同回家炖鱼吃的时候，那妇人告诉九奶奶，说她姓梁，娘家就在前面不远的小梁庄上。但她不想回去丢了娘家人的脸面——她是被婆家那边驱逐出家门的。

旧时，盐区这边，好多年轻的汉子外出打鱼时，赶上风浪（遇到台风），淹死在海里，撇下家中一个个俊巴巴的小媳妇，守不住妇道的，往往会被婆家那边给逐出门户。

眼前这小梁，是不是也是那样的？她自己不说，九奶奶也就没有细问。

过了一夜，九奶奶得知小梁的生辰八字正攥在她自个儿的手上（类似于当今的离婚证）。想必婆家那边真是断了她的回头路。九奶奶便试探着跟小梁说，她娘家那边，有个叔辈侄子，年岁嘛，可能要比小梁大一些（其实大很多），左边的脚踝子那儿，还有一点歪歪着（瘸子）。若是小梁不嫌弃，她想从中搭个嘴儿，说合说合。

小梁低着头，没说行，也没说不行。

九奶奶这就两边拉扯（两边说好话）。先是让她那瘸腿的侄子，骑着一头通体灰白的小毛驴来相亲。紧接着，对方送来八尺大花布。一件亲事，就这样定妥了。

赶小梁掏出自己的生辰八字，让对方去找个识字的先生，推算大婚的良辰吉日时，九奶奶这边却像嫁闺女一样，开始给小梁张罗碗筷呀，脸盆子呀，还有夫妻间夜晚要用的小码子（尿盆）等陪嫁物。

大婚那天清晨，小梁一大早起来帮九奶奶烧火煮饭时，将额前的刘海儿缠绕在滚烫的挑火棍上，烙烫出一圈一圈俏眼的弯弯儿。随后，她还往脸上涂了一层鸡蛋白（鸡蛋煮熟后的蛋白儿，被她当作雪花膏来用了），紧接着，又找来一片红纸衔在口中，"吧唧吧唧"连抿了几口，将上下两片嘴唇染得红红的，再一照镜子，还真比原来俊了呢。

回头，赶迎亲的队伍，在九奶奶家的小巷口"噼噼啪啪"地燃起一挂小鞭时，端坐在里屋炕沿上的小梁，眼窝一热，扑簌簌地滚下泪来。

染 布

民国后期，贾先生还在开办私塾。村上人从他家门前走过时，很容易就可以看到那几个穿长衫、戴瓜壳帽的孩子，如同一个个布口袋似的，端坐在贾先生家的门厅里，他们手捧着书本，摇头晃脑地跟着贾先生直呼"之乎者也"。

那个时候，乡里的洋学已经开了。政府动员孩子们去读"洋学"，摒弃贾先生传授的那些"八股文"。但贾先生这边，还是有人拎着鸡鸭，挑着稻谷，扯着孩子们的小手找上门来。

那时间的"洋学"，就是后来的完小。也就是当今国家提倡的"九年义务教育"。它与贾先生教的"之乎者也"大相径庭。"洋学"里借用了西方的教育模式，开设了地理、历史、美术、常识，年级高一点的，还有物理、化学等多门课程。贾先生传授的是写大字（毛笔字），背诵《百家姓》《三字经》，算术里面，最主要的就是珠算——打算盘。

贾先生的那种教学套路，对于当时急于认字、记账的小业主们，还是比较实用的。他们把膝下的孩子，送到贾先生门下，学上个一年半载，认得"山、地、日、月"，以及周边邻居家的张三、王五、赵六的名头就可以了。算盘呢，先是背口诀"一去九进一，二去八进一，六上一去五进一"，等到能够背着口诀、拨动算盘珠子"噼里啪啦"地响动时，大人们往往就会把孩子拉下来（不让上学了），跟在家中的布庄、药店里盘生意。再庆就是那样的。

再庆的名字是贾先生给起的。

再庆的父亲叫胡顺庆，是个染布的。生意做得不错，周边十几个村庄的人家都找他染布。儿子八九岁时，送到贾先生门下读书。贾先生知道胡顺庆希望子承父业，提笔就给那孩子起了个学名——胡再庆。

再庆在贾先生那里读了四五年的书，等他能把算盘子打得"呱呱叫"时，父亲的腰背都驼了，可他整天还要背着个布搭子，或是推着一辆独轮车，行走在周边十几个村庄，高一声、低一声地吆喝：

"染布哟——染布！"

小巷口，冷不丁地传来那样粗犷的吆喝声，都知道是那个染布的来了。

周边几个村庄，没有谁知道他的大名叫胡顺庆，都叫他染布的。

"染布的，过来哟！"

扶在门框边的女人们那样招呼他。他很快就会折回来，问人家染什么布料时，就把一串事先染好的布条条递过去，让人家从中选出某一块布条的颜色。

而要染布的人家，原本是想了染什么颜色布料的，可一拿到那一串蓝的、浅蓝的、青的、淡青的、压花的、印花的布条条时，瞬间又没了主意，问左右闲站的人，她手中的布料该染个什么花色好，有时，也问那染布的："你说呢，染个什么颜色好？"

染布的笑一下，往往会说："都好！"

人家开染坊的，哪能说自家染缸里出来的颜色好或不好，当然是都好！若是有人真心那样问他，并且告诉他布料染好以后给什么人穿，他也可能会给你一个建议。但最终的主意，还是要你自己来拿。

染布的，只管染布。他的手指甲里，尤其是指甲盖的圈圈那儿，都是蓝莹莹的颜色。他白天出来跑街——揽生意，晚上到家洗布，煮布，染布。第二天，女人在家晾布、晒布时，他就出来跑街送布，收布。可等儿子再庆把跑街的差事接过去以后，他就与老伴在家专门染布。

刚开始，他怕把儿子的指甲染脏了，很长一段时间里，他没让儿子上手去染布，只让他背个布搭子，仍然像个读书的学生那样，到四外庄上去跑街收布。

"染布哟——染布！"

再庆学着父亲的腔调，悠着劲儿那样吆喝"染布"。但他那声音喊出来，清亮、尖细，小街上的女人们老远就能听出是那个小染布的来了。有嬉闹的大姑娘、小媳妇，看那小染布的面容清秀，好耍，便会逗他——

"小染布的，过来过来过来！"

再庆听到喊他，自然是认为人家要染布呢，可当他顺溜溜地走到她们跟前时，那几个逗他玩耍的大姑娘、小媳妇，一个个前推后搡，直至把一个长相俊的妹妹推到他跟前，问他愿不愿娶人家做媳妇时，他才知道自己上当了。

后来，那小染布的学精了，看到与他差不多大的大姑娘、小媳妇招呼他，他不轻易到她们跟前去，他甚至还会冲她们做个鬼脸，显示他不愿意搭理她们哩！

其间，也有把布料染好以后，又逗他玩耍的——谎说布料的颜色给染错了。

最初遇到那样的事情，他还真是吓了一跳！误认为自己记错了颜色，给人家把布料染坏了。可等他要下对方取布的竹牌牌（竹码子），那上面系着原来定好的布条儿，两者一对，颜色是一致的。他便会白对方一眼。对方冲他乐，示意是逗他玩耍的。他扯住那布料，假装真是染错了不给对方的架势，同样也是逗人家玩耍呢。譬如和顺家那小媳妇，她头一回来染布时，再庆没有认出她是二妮子，直到她举起一块布，喊呼说："你给俺染错了！"再庆这才认出眼前的小媳妇是二妮子。二妮子的娘家就是再庆庄上的，他们小时候还是不错的玩伴呢。只不过，再庆后来被送到贾先生那儿读书认字了，二妮子早早地嫁到这庄上来。眼下，她孩子都坠在奶头上了。

可现在，二妮子不让再庆叫她二妮子，也不让他叫她和顺家，二妮子虎着脸，跟再庆说："叫我姐，叫我姐！"

再庆呢，看看左右没有人，偏不叫她姐，反而连着声地叫她一长串——和顺家、和顺家、和顺家……

气得那二妮子，举着拳头要打他。

不过呢，娘家人，三分亲。这倒是真的。每当二妮子听到再庆在街口喊呼"染布"时，她就会奶着孩子出来张望。有时，赶到吃饭的时候，她还会招呼他进家里喝碗热汤，或是递个热饼子给他。

再庆呢，知道二妮子的丈夫跟着下南洋的船队打鱼去了，家中的钱路不是太宽裕，每回二妮子来染布料，他都是收很少的钱。有时，二妮子染个压花的布兜兜，或是染个系在胸襟上的小手绢啥的，再庆都是不要她钱的。

夏天，午后的那段时光里，人们都很困乏，无人出来找他染布，再庆就找个阴凉地儿坐一会儿。有时，也到村头的大树底下眯一小觉。某一天，他走到二妮子家门口时，忽然感到口渴了，进门讨水喝时，恰好撞见二妮子的衣服穿得少，羞得他赶忙退回来。二妮子倒是没觉得什么，她招呼再庆：

"进来呀，进来！"

再庆刚才看到了二妮子的光臂膀，还有翘翘的白奶子，心里正在"扑通扑通"地跳呢，二妮子却跟到门口招呼他："进来呀，进来！"再庆犹犹豫豫地看了看午后的小街两端空无一人，他还真是听了二妮子的话，羞红着脸，再次走进了二妮子的屋里了。

后来，再庆往二妮子家去得就勤了。半晌时去，午后去。有时，傍黑时在外庄上收来布，路过二妮子家那儿，也会进去坐一会儿再走的。

这一天午后，再庆又像往常那样从二妮子家出来，正想冲小街上喊一声"染布"时，忽听耳边"嗖"的一声响动。一块尖利的瓦片，擦着他的耳根子飞了过去，并"咔嚓"一声，打到他身旁的猪圈墙上。其中，一块碎瓦片，从那猪圈墙上反弹回来，正好击打到他的脚踝子上。

当时，再庆没有感觉到脚踝子那儿疼痛，他只看到二妮子的公爹，正背对着他，双手反剪在后背上，在"咔嚓！咔嚓！"地折着一段树枝。

再庆没有停留。但他脚下步子如同踩到棉花团上一样，不知是哪一脚深、哪一脚浅，只觉得自己的脸上正蹿火。

而此刻，一直站在窗后的二妮子，把那一切看得很真切。她知道公爹手中甩出去的那块瓦片子，尽管没有击打到再庆的身上，但已经把再庆给吓着了！或者说，那瓦片已经击打到再庆的心里了。二妮子拧着窗帘，静静地站在窗子后面，不知不觉间，她把自个儿的粉唇咬出了一道深深的血窝子。

当天，再庆没有回家，他走到村外的一条小河堤上，一个人静坐到半夜。等家里人找到他时，他已经在旁边的一棵小树上吊死了。

家里人不知道他为什么会自缢。村上人也都不知道他的死因。唯有二妮子和她的公爹心里明白。但他们都装作什么都不知道的样子。再庆就那么不明不白地死了。

而染布的那家人，因为老来丧子，自感日子没了奔头，以至于祖上传了几辈子的染布营生，刹那间如同河水流到了尽头——断了传承。村上的人们就此听不到染布的吆喝声。

奇怪的是，半月后的一日午夜，小村里忽而又响起了"染布"的吆喝声。人们先是从那喊声里听出诧异，紧接着推门寻看，是和顺家那小媳妇。她光着脚板，散落着头发，满大街地摇晃着手中一块灰布巾，笑嘻嘻地呼喊："染布哟——染布！"

人们猛一愣怔！但马上意识到，那小媳妇疯掉了。

捡 漏

万隆大叔家鱼塘里的栅栏网子歪了。

鱼塘里的栅栏网子，等同于密布在水下的一道篱笆墙。它可以把泄洪口的排水与鱼塘里的鱼隔开。

万隆大叔跟儿子说："海生，鱼塘里有根木桩子歪了。"

鱼塘里的木桩子，就是用来扯挂栅栏网子的。

万隆大叔估摸那根木桩子的底部可能已经腐烂了。他想让儿子抽个空闲，下塘把那根木桩子再往塘底的淤泥中插牢实，或者换一根新木桩子，省得那木桩子漂起来，让鱼塘里的鱼随着泄洪口的排水跑掉。

早年，盐区这边养鱼的人家，不晓得往鱼塘里供氧（也没有那个条件）。但是，大家都懂得更换鱼塘里的水就可以保住不起塘子（不死鱼）。所以，每家鱼塘旁边，都会有一架或两架"吱吱呀呀"搅水的风车，往鱼塘里不停地翻水。同时，旁边的泄洪口那儿，又在不断地往外排水。

海生不怎么关心鱼塘里的事。爹跟他说过几回那根木桩子的事，他都没往心里去。

这夜，大雨。万隆大叔所惦记的那根木桩子，果然是漂浮起来了。

"海生，海生！"

"海生——"

天还没有放亮，万隆大叔顶着雨，跑到鱼塘边一看，那根之前歪倒的木桩子，此刻就像条死鱼一样，扯起网脚，横漂在水面上了。他立马返回来，敲着海生睡觉的窗棂子，高一声、低一声地喊呼：

"海生，海生——"

"你快起来看看吧，鱼塘里的鱼，随水跑啦！"

万隆大叔想让儿子快些起来，到鱼塘里把那根木桩子固定好。同时，他还想让儿子找两个伙混子（一起耍的小青年），弄抬拉网子，沿着村前那条泄洪河，拉上几网，没准还能将跑掉的鱼，再网上一些来。

万隆大叔提醒儿子，让他到村东盐河口那边去看看。若是昨夜万广的闸网子还堵在那儿，他家的鱼就没有完全跑掉——被"闸"在泄洪河里了。

万广在村东盐河口那边下闸网子，已经几年了。

万广那闸网子，类似于在河道里扳罾起大网。但他又不完全是扳罾起大网。扳罾起大网，是将一张与河面同样宽的大网，深藏在河水里（网中放有饵料），专等鱼呀、虾呀、蟹的跑到网中去食饵料时，快速扳动网绳，将"深陷"在河底的大网抬升起来。一时间，银亮亮的鱼呀、虾呀，被网住以后，在网中急促弹跳的情景，也怪喜人呢。

闸网可不是那样的。

闸网，是选择一处大海潮汐波及的河汊子，用一条高出水面的密眼（小网眼）大网，把整条河口都拦截起来。涨潮时，抬起闸网，让大海的鱼虾，顺着呼啸而来的潮汐涌入河道。退潮时，落下闸网，拦住将要洄游大海的鱼虾。其间，还可以拦住像万隆大叔家鱼塘里那样跑出来的大鱼呢。

那种拦截人家鱼塘"跑鱼"的手段，等于白手捉"呆子"，盐区人称之为捡漏儿。

应该说，这些年来，万广设置的那处闸网子，让他捡到不少的漏儿，尝到很多甜头。

万广为固守那道闸网子，他还在河边的柳丛里搭建了一间小茅棚，昼夜吃住在那里。

半夜里，听到闸网上有响动，他就知道网到大鱼了。

闸网上"挂"到大鱼，大都是上游养鱼人家鱼塘里跑出来的。那样的时候，万广会悄悄地起来，把网到的大鱼，收进他沉在水中的"网箱"里。赶上集日，或是小村里哪户人家来了亲戚找他买鱼，他一准能卖出个好价钱。

海生家鱼塘跑鱼的那天雨夜，万广听到闸网上"挂"大鱼。他冒雨起来收了几条。可后来，当他看到成群的大鱼往网上撞，他反而不往"网箱"里收了。他猜到上游一定是谁家鱼塘决堤了。

天亮以后，万隆父子在河道里网鱼时，万广正蹲在河边观望呢。

海生喊来西巷的三虎子，俩人各站在小河的一边，扯动着一条大网，先是从小河的下游，也就是万广布闸网子的那个地方往上游拉网。然后，又从上游往下游拉网。往返那么几个回合，还真让他网到不少鱼。其间，好些欢蹦乱跳的鱼，又被万隆大叔重新放回鱼塘里了。

赶到最后，河道里没有多少鱼时，海生想到万广的闸网子上还缠着他家鱼塘里的鱼，便丢开手中的拉网子，跳到水中，去择那闸网子上的鱼。

这时，一直缩在斗篷底下，蹲在河岸边观望、抽烟的万广讲话了。

万广说："那闸网上的鱼，你就别择了——"

万广说那话的时候，脸色和声音都拖得长长的。

万广那意思，那闸网子是他万广的。那上面所"挂"到的鱼，你海生怎么能随便择呢？万广甚至想到，当夜如果没有他那道闸网子拦在那儿，你家鱼塘里跑出来的鱼，早就跑进盐河，游到大海里去了。这会儿，你感谢他万广还差不多，怎么能不问一声，就跑到他闸网子上来择鱼呢？

可海生不那样想，海生觉得，万广那闸网上的鱼，尤其是大个的鲈鱼，都是他家鱼塘里跑出来的。他就应该去择那鱼。

海生脸色沉沉地说："嘛？"

海生那神情与腔调，显然是理直气壮。

可此时，一直跟在河岸边捡鱼的万隆大叔，高声喝住了海生。

万隆大叔说："海生——"

那声音，不是平时喊呼海生做事情的声音，明显是在制止海生——不要择人家闸网上的鱼。

海生呢，感觉父亲的腔调变了，脸色也变了，便不再择那闸网上的鱼。但他心里挺窝火！以至于后来，他跟三虎子抱着自家渔网往回走时，还在那鼓嘴说："操！万广个鸡巴东西！"

好像万广不让他在闸网上择鱼，是一件很没有道理的事情。

万广呢，当天把那闸网上的鱼，一条一条地择下来，挑到镇上卖了好多钱。回头来，路过街口一家烟摊时，看到人家正在出售上好的"黄金叶"，走出好远以后，他又折回来买了两斤。万广知道，海生他爸（万隆大叔）爱抽那个。

后来，也就是万隆大叔抽了万广送给他的"黄金叶"之后，心里总觉得欠了他万广什么。改日，万隆大叔去临沂卖大鱼时，买来一套风雨衣送给了万广。万隆大叔嘴上没说那夜跑鱼的事幸亏他万广，但他心里，可能就是那样想的。

后 记

当下，人们的生活节奏很快，从社交网络、线上平台，一下子跨入了大数据时代。可我的身心，好像还游弋在晚清至民国的那个年代。

我经历过那段岁月吗？没有。为何沉迷其中？连我自己也说不清楚。

近十年来，或者说近二十年来（前面有几年不是太专一），我一直都在以家乡的盐河为创作背景，准确一点说，是以"盐河旧事"为大标题，而津津乐道地诉说晚清至民国的那些事儿。诉说我见都没见过的那些土匪、盐商、船工、军阀、妓女、小偷的事儿，以及市井百态。

不少人问我，你那些杂七杂八的"事儿"从何而来？

我反过来问自己，是呀，我写在纸上的那些"盐河旧事"都是出自哪里呢？

我没有经历过那个时代。也就是说，我不是旧社会过来的人。我是中华人民共和国成立十几年以后才出生的。

那么，我笔下的那些达官显贵、才子佳人、市井无赖，又是怎么一个又一个、一串又一串呼呼啦啦地冒出来的呢？追根溯源，我只能说："我读的明清小说比较多。"感觉那样回答人家又过于牵强时，再自我标榜、自我夸张地补充一句，说："大学时，我把我们学校图书馆里的明清小说都读遍了。"并罗列出《卖油郎独占花魁》《蒋兴哥重会珍珠衫》等家喻户晓的名篇，好像自己真的就读透了明清小说似的。

对方"噢"一声，似乎是从我的言语中找到了真谛。可等我冷静下来仔细想一想，那也不对呀，读过明清小说的人，不只是你相裕亭一个，人家怎么就没去翻腾那些旧事儿，偏偏就你"误入歧途"呢?

那样的时候，我再去追根溯源，不知不觉间就回归到我现在生活的这座小城里来了。

我现在居住的这座小城，名为海州。

自古以来，海州就是东部沿海重镇，素有"东海名郡"和"淮海东来第一城"之称。历朝历代，各任州官与豪杰，在此演绎出数不尽的旷世风流。到了晚清至民国，城内凸显出殷、葛、沈、杨、谢五大家族相互抗衡的势力来。他们或官或商，既相互联姻，又相互钩心斗角，真实地上演了一幕幕人间大戏。

我是在二十世纪八十年代中期，大学毕业后在河北短暂工作了两年以后，调到离故乡百里的市内来的（即海州）。之后几十年，我一直没有离开过这个地方。这城里，"五大家族"的人与事，时不时地撞击着我的心房，尤其是他们家族的后人，整天与其他平民百姓一样，在我的眼前走来晃去。或许就在某一天，我把大学里读到的那些"明清小说"与这城里"五大家族"的人与事，不经意间联系到一起，写出了我早期的那种虚幻的《威风》《忙年》《看座》《大厨》《赛花灯》《沈大少》等一大批"盐河旧事"。

现在想来，那些"旧事"，多为太太持家、老爷摆阔、姨太偷情之类的言情故事；多为官匪勾结、公子纨绔等"古装戏"里面的"套路"儿。后期，我似乎避开了那种传统的"套路"。

其中的转折点，出现在2017年底，我到湖南常德参加那地方的一个文学笔会时，见到了时常转载我"旧事"的《微型小说选刊》的主编张越老师。

晚上，我到张主编房间里聊天，提到我那些"旧事"时，张主编直言不讳地跟我说："你写来写去，总是离不开老爷、太太。"听其弦外之音，我该换换写法了。

应该说，在那之前，我已经感觉到自己把老爷、太太写到"瓶颈"了。此番，再听张越老师那样一说，我对自己未来的创作瞬间迷茫了。

怎么办？放弃"旧事"，写"新事"吗？似乎是有些割舍不下。思来想去，或者说是痛定思痛，我还是不能丢掉"旧事"。也就在那个时候，我想到去年的事、前年的事，或者说昨天的事、前天的事，那不都是旧事吗？何不把它们也拉进我的"旧事"里来呢？

有了那样的想法，我有意无意地回故乡的次数多了；与老家的乡邻，尤其是与我乡下大哥翻腾小村里的人与事的次数多了；听街坊邻居们东家长、西家短地扯闲篇的时候多了。这个不经意地"转身"，让我将笔墨直抵故乡的村落，并把老家村前的那条小河，直接"并入"我心中那条波涛翻滚的盐河。

我曾在一篇《村前小河连大海》的创作谈里写到，我故乡村前，有一条日夜流淌的小河。童年里，我与村里的孩子下海摸鱼、照蟹、淘海砂子（一种像葵花子样大的海贝），都是沿着村前那条小河拐来拐去拐到大海边的。

海边，有原始的风力翻水车（我童年时），它们把湛蓝的海水，"吱吱呀呀"地搅进棋盘一样的盐田。我见过古朴的木帆船捕鱼，见过船工们赤身裸体地与大海为伍，见过聪明的海鸥引领着渔民捕捉鱼虾的动人场景。

我把童年往事，包括我青少年时期的所见所闻，略加修饰后搬进了我的"旧事"中，很快写出了《踩鱼》《面瓜》《贾元》《捡漏》等一批微型小说新笔记系列的"盐河旧事"，试着投给《北京文学》《天津文学》《广西文学》《北方文学》《时代文学》《山东文学》《边疆文学》《百花洲》《百花园》《鸭绿江》《作品》《飞天》《朔方》《长城》《地火》《雨花》《当代人》《青海湖》等众多纯文学刊物，所得到的回报是，这一批新笔记系列的"旧事"儿，陆陆续续被多家刊物刊发出来。其中，大部分篇章，还被《小说选刊》《微型小说选刊》《微型小说月报》《小小说选刊》《台港文学选刊》《读者》等各类文学选刊所转载。

应该说，我将笔下的人物，从虚幻的那个年代，拉回到现实生活中以后，我的"盐河旧事"，展现出一片较为广阔的新天地。

而今，我的"盐河旧事"已写了400多篇，人民文学出版社、上海文艺出版社，先后为我结集出版了《盐河旧事》之

一、之二、之三、之四。这一次，是百花洲文艺出版社相中了我的"旧事"。我为了区分之前出版过的那几本《盐河旧事》，想从这本书稿中的几十个篇名中寻找一个来做书名，如《盐官》《渡口》《船灯》等，我把"她们"以微信的形式，分别发给几个朋友，问一下哪一个篇名做书名比较合适，回复我的多为两个字——船灯。

唯有我的学生刘兆亮，告诉我选《船灯》的同时，又不忘加以注释：浪漫而又古朴的感觉！浙江的谢志强是用语音回答我的，他首肯了《船灯》后，又说："选用《船灯》做书名，可以照亮通篇。"

言外之意，有了"船灯"，这本新笔记系列的《盐河旧事》之五，通篇都被"点亮"了。

我明白，那是一种美好的寓意。那么，咱不妨就借用谢先生的那句吉言，就用《船灯》，来"点亮"这本书的通篇吧！

2022 年 10 月 26 日
于连云港市海州家中